Die Spur führt zu dir

Amy Stern liebt Cappuccino mit extra viel Milchschaum, Reisen nach Italien und ihren grünen Ohrensessel – darin kommen ihr die besten Romanideen. Sie hat in Venedig Sprachwissenschaften und in Wien Kreatives Schreiben studiert. Heute arbeitet sie als Drehbuchautorin und lebt mit ihrer Familie in München.

AMY STERN

Die Spur führt zu dir

CARLSEN

Originalausgabe
Mai 2021

Herstellung: Karen Kollmetz
Umschlagbild: shutterstock.com © Syda Productions / Catarina Belova / Lucky-photographer
Umschlaggestaltung: formlabor
Corporate Design Taschenbuch: bell étage
Gesetzt von Dörlemann Satz, Lemförde
ISBN: 978-3-551-31997-5

Die Wahrscheinlichkeit, vom Blitz getroffen zu werden, liegt bei 1 zu 3 Millionen.

Wie groß ist die Wahrscheinlichkeit, dass ein Baum bei einem Blitzeinschlag auf einen durch die Landschaft rasenden Eurocity kracht, dieser bremst und sich zwei Personen, die im Wagen 256 auf den Plätzen 35 und 33 nebeneinandersitzen, beim Aufprall ineinander verlieben?

1 zu 113 Millionen?

1 zu einer Milliarde?

Offen gestanden habe ich nicht die leiseste Ahnung.

Ich weiß nur, dass es mir passiert ist. Und dass ich das alles nicht wollte. Um nichts in der Welt.

27. Juli, Vormittag – Irgendwo zwischen München und Kufstein

Venedig – Stadt der Liebe stand in verschnörkelten Buchstaben auf dem Werbeplakat, das über dem Waschbecken hing. Darunter ein Foto vom Canal Grande mit einer Gondel im Mondschein. Ein Paar, in einen Kuss versunken. Schmachtfaktor zehneinhalb.

Albern, dachte ich und zog die Jeans hoch. Auf dem Canal Grande herrschte von morgens bis abends Hochbetrieb. Vaporetti, Lieferboote, Müllschiffe und Wassertaxis durchpflügten das Wasser. Manchmal sah man tatsächlich auch eine Gondel vorübergleiten. Zu späterer Stunde legte sich aber eine gespenstische Stille über die Stadt. Die Touristen saßen beim Essen, nur manchmal huschte eine dunkle Gestalt auf klackenden Absätzen durch eine Gasse und versuchte einen letzten Wasserbus, zu erwischen. Die Gondolieri hatten dann längst Feierabend.

Der Zug legte sich in die Kurve, ich torkelte zur Seite, da wurde an die Tür geklopft und eine hohe, schrille Stimme ertönte: »Hallo, ist da jemand drin?«

»Besetzt!«

»Brauchen Sie Hilfe?«

»Nein, einen Moment noch.«

Erst jetzt wurde mir bewusst, dass ich schon viel zu

lange in der Zugtoilette herumtrödelte. Ich betätigte die Spülung. Nichts passierte. Also drückte ich stärker, hämmerte abwechselnd mit Zeigefinger und Daumen auf den Knopf ein, ein gurgelndes Geräusch erklang, aber nur ein Rinnsal tröpfelte in die Schüssel. Dann tat die Spülung einen letzten Seufzer und das war's.

Bitte nicht! Warum musste ausgerechnet mir das passieren?

Ich trat ans Waschbecken, aber auch hier kam nicht mal ein armseliger Tropfen aus dem Hahn.

»Signora?«, meldete sich wieder die Frau vor der Tür zu Wort. »Wirklich alles in Ordnung bei Ihnen?«

»Sekunde!«

Ich schloss auf und stand einer Frau im Alter meiner Mutter gegenüber. Sie verzog das Gesicht. Es schien ziemlich dringend bei ihr zu sein.

»Tut mir leid, die Spülung geht nicht«, murmelte ich und zwängte mich an ihr vorbei.

Eilig durchquerte ich den Wagen 255 und blieb im Eingangsbereich zu Wagen 256 stehen. Sollte meine Mutter ruhig schmoren und sich fragen, wo ich so lange abblieb.

Ich sah aus dem Fenster – Wälder und sattgrüne Weiden glitten vorbei – und hoffte, dass sich so etwas wie Ferienvorfreude einstellte. Fehlanzeige. Schon seit wir in München losgefahren waren, war meine Stimmung auf dem Tiefpunkt. Passend dazu zogen jetzt auch noch dunkle Wolken auf. Sicher freute ich mich auf Venedig. Sehr sogar. Ich liebte die Stadt wie kaum einen anderen Ort auf der Welt. Aber ich wollte eben auch einen Teil der Sommerferien bei meinem Vater in Berlin verbringen. Wenigstens ein paar Tage! Das Berlin-Feeling war einzigartig. Nirgends sonst gab es so viele kreative Leute, so schräge Vögel, so leckere Döner. Doch Mum hatte aus Gründen, die mir nicht ganz einleuchteten, einen Riegel davorgeschoben.

»Weißt du überhaupt zu schätzen, was für ein Glück du hast?«, hatte sie gesagt. »Fünf Wochen Venedig. Und wir müssen nicht mal ein teures Hotel bezahlen!«

Das stimmte. Natürlich war es ein Riesenglück, dass wir, wann immer wir Lust hatten, die Ferien bei Mamas Schwester Anne verbringen durften. Tante Anne und Onkel Thomas waren vor rund zehn Jahren nach Venedig ausgewandert und hatten im Stadtteil Cannaregio ein schnuckeliges Hotel mit acht individuell eingerichteten Zimmern eröffnet. Es lag an einem Seitenkanal, durch den frühmorgens die Lieferboote tuckerten und einen das Brummen der Motoren aus dem Schlaf holte. Meine Mutter übernachtete jedes Mal in ihrem Lieblingszimmer *Contessa Morisini.* Ihre Schwester hielt es extra für sie frei, weil sie die brokatbespannten Wände und das Himmelbett so sehr liebte. Ich brauchte keinen Raum für mich, sondern schlüpfte bei meiner Cousine Matilde im Obergeschoss des Hauses unter, wo auch die Familie lebte.

Matilde war neben Rosa in München meine engste Freundin. Wir konnten uns alles sagen und uns gegenseitig das Herz ausschütten. Das war wichtig, wenn es mir mal wieder wegen Papa schlecht ging und niemand anders zur Stelle war. Meine Eltern lebten schon länger getrennt, doch erst vor einem Jahr war mein Vater nach Berlin gezogen. Angeblich wegen seiner Arbeit als Kameramann, aber ich war der felsenfesten Ansicht, dass er möglichst weit weg von meiner Mutter sein wollte. Nur sprach das keiner laut aus.

Ich vermisste meinen Vater. Früher waren wir an den Wochenenden durch die Münchener Museen gezogen. Wir hatten uns Fotoausstellungen angesehen oder im Englischen Garten bei einer Rhabarbersaftschorle über seinen Job beim Film und über meine Leidenschaft, das Fotografieren, gesprochen. Das gab es alles nicht mehr. Sicher konnte ich auch Rosa oder meiner Mutter meine Fotos zeigen, doch das war nicht dasselbe. Die beiden fanden jede Aufnahme großartig bis grandios. Das war zwar nett, brachte mich aber nicht weiter.

Ein Tunnel verschluckte den Zug, es schaukelte so heftig, dass ich mich an der Zugverschalung festhalten musste. Als wir wieder ins Tageslicht tauchten, war der Himmel über den Bergen rabenschwarz. Nicht mehr lange und es würde losschütten.

Mein Handy piepte. Eine Nachricht von meiner Mutter. Sie machte sich Sorgen, wo ich die ganze Zeit steckte.

Bin schon da, tippte ich und kehrte in den Großraumwagen zurück.

Mum saß am Fenster der Vierersitzgruppe, hatte die Beine übereinandergeschlagen und einen Krimi vor der Nase.

»Alles okay?« Sie blickte vom Buch auf.

»Ja. Klar.«

»Und warum guckst du so böse?«

»Weil die Spülung nicht ging. Und weil ich ... weil ich mich so auf Berlin gefreut habe.«

Ups, ich hatte es eigentlich nicht aussprechen wollen, es war mir so herausgerutscht.

»Wie bitte?« Sie sah mich aus schläfrigen Augen an.

Ich setzte mich ihr gegenüber. »Du hast mich schon richtig verstanden.«

»Ella, es tut mir wirklich leid.« Sie beugte sich vor und fuhr in mikrokleinen Kreisen über die Knöchel meiner Hand.

»Wenn's dir leidtut, kann ich ja in der letzten Woche noch hinfahren.«

»Das sehen wir dann, okay?«

Das sehen wir dann. Großartige Antwort! Die Lieblingsantwort aller Eltern, wenn sie nicht weiterwussten und einen abwimmeln wollten. Oder erst gar keine Lust auf Diskussionen hatten.

Meine Mutter vertiefte sich wieder in den Krimi, und während die ersten Tropfen an die Scheibe klatschten, kramte ich mein Handy aus dem Rucksack. Eine *sehr* lange und *sehr* langweilige Bahnfahrt stand mir bevor. Mit Broten aus der Biobäckerei, die Mama mit Tilsiter belegt hatte. Mit einer Zugtoilette, die man nicht benutzen konnte. Und mit dem Gedanken an meinen Vater, der mir manchmal ganz schön fehlte.

27. Juli, später Vormittag – Irgendwo zwischen Kufstein und Brenner

Regen peitschte durchs Tal, die Bäume entlang der Bahnstrecke bogen sich im Wind, als würden sie tanzen, und die Wolken hatten die Gipfel der Berge verschluckt. Mal flog eine Kapelle vorüber, mal eine Burg, dann raste der Zug in einen Tunnel und tauchte zwischen saftigen Weiden wieder auf.

Meine Mutter legte ihr Buch vor sich ab. »Ist es immer noch wegen Berlin?«, sagte sie.

»Was?«

»Dass du dir die Nase an der Scheibe platt drückst.«

Ich schüttelte den Kopf.

»Ella«, setzte sie an, brach aber gleich wieder ab.

»Was?«

»Ich mag es nicht, wenn du so ... so stumm bist! Und nur rausschaust.«

»Aber ich guck gerne aus dem Fenster.«

Ihre Augenbrauen rückten enger zusammen. Ich kannte diesen *Ich-bin-ja-so-besorgt*-Gesichtsausdruck. Und meistens nervte es mich.

»Solltest du auch mal versuchen«, fuhr ich fort und schenkte ihr ein Lächeln. »Das entspannt. Und man kann super nachdenken.«

Zum Beispiel über die zurückliegenden Monate. Eben

hatte ich an meinen Ex denken müssen. Elias, *the one and only*. Den besten Skater an unserer Schule. Sechs Monate waren wir zusammen. Eine aufregende Zeit, in der mein Leben auf einer Skala von eins bis zehn eine glatte Neun war. Dann musste er mit seiner Familie nach Dresden ziehen und kurz darauf war es aus. Die schillernde Seifenblase zerplatzt. Bis heute wusste ich nicht genau, warum. Ob er nicht mehr an mir interessiert war. Oder keine Lust auf eine Fernbeziehung hatte. Oder einfach nicht dazu in der Lage war.

Inzwischen tat es kaum noch weh. Die Gefühle hatten sich verflüchtigt und das war okay so.

»Sollen wir vielleicht Karten spielen?«, drang die Stimme meiner Mutter an mein Ohr.

»Nein, Mama.«

Ich brauchte keine Beschäftigung. Ich wollte einfach nur für mich sein.

»Müde?«

»Ja, ein bisschen.«

Meine Mutter konnte nicht eine Minute ohne ein Buch, eine Zeitschrift oder ihr Handy vor der Nase dasitzen. Immer brauchte sie Ablenkung, Trubel, Action. Zu Hause in München telefonierte sie abendelang mit ihren Freundinnen, sie ging ins Kino und Theater oder lud ihre Kunden zu einem Imbiss und einem Glas Wein in ihren Feinkostladen ein. Vielleicht merkte sie es nicht, aber manchmal kam es mir vor, als würde sie seit der Trennung von meinem Vater vor sich selbst davonlaufen.

Sie nahm ihr Telefon raus und ihr Zeigefinger flog über die Tasten.

»Oh, prima, das Tiefdruckgebiet zieht weiter nach

Osten. In Venedig soll es die nächsten Tage richtig schön werden.«

»Sicher?«

»Sagt meine Wetter-App.«

Ich erinnerte meine Mutter grinsend an unsere vorletzte Venedigreise. Damals hatte es sieben Tage am Stück geschüttet. Obwohl bestes Wetter vorhergesagt worden war.

Aber im Grunde kümmerte mich das nicht. Ich wollte fotografieren und dafür spielte das Wetter keine Rolle. Venedig war eine in die Jahre gekommene Diva und immer schön. Bei Sonne, wenn die Lagune silbrig glitzerte. Bei Regen, wenn das Wasser der Kanäle zwischen Tiefgrün und Petrol changierte. Bei Nebel, wenn die Gassen und Brücken nur zu erahnen waren. Sogar bei Hochwasser, dem berühmt-berüchtigten Acqua Alta, machte es mir Spaß, in Gummistiefeln durch die Stadt zu waten und Touristen zu knipsen. Wie sie sich mit den Plastiküberziehern für die Schuhe abmühten, die man ihnen im Hotel ausgehändigt hatte. Wie sie über die fürs Hochwasser aufgebauten Stege balancierten oder in den Bars standen, bis zu den Knöcheln im Wasser, und einen Espresso tranken.

Nur damit meine Mutter Ruhe gab, nahm ich mein Handy aus dem Rucksack. Wenn ich mit meinem Smartphone beschäftigt war, gab sie keinen Mucks von sich. Vielleicht glaubte sie, dass ich mir mit Rosa schrieb. So wie sie das mit ihrer besten Freundin in München tat. Oder herumdaddelte, was auch irgendwie in Ordnung ging.

Aber ich hatte Besseres zu tun. Im Schutz meiner Jeansjacke klickte ich die Fotogalerie auf. Einige Hundert Fotos hatten sich dort angesammelt. Nicht immer hatte ich meine Spiegelreflexkamera dabei, trotzdem wollte ich nicht aufs Fotografieren verzichten, wenn mir ein lohnendes Motiv ins Auge stach. Jetzt nutzte ich die Zeit, um in den Alben zu stöbern und weniger gelungene Aufnahmen zu löschen.

Ich spürte einen Windhauch, und als ich hochsah, hing Mum halb auf meinem Schoß.

»Zeig doch mal, Schatz.«

»Da gibt's nicht Spannendes zu sehen.«

»Oh doch, ich denke schon.« Lächelnd klemmte sie ihr blondes Haar hinters Ohr. »Das künstlerische Talent hast du eindeutig von deinem Vater geerbt.«

»Ja, und meine komischen Ohrläppchen.«

»Und die grünen Augen mit den dichten Wimpern.«

Ihr Lächeln erstarb. Vielleicht hatte sie in diesem Augenblick dasselbe wie ich gedacht. Dass ich meinem Vater wie aus dem Gesicht geschnitten war. Und ich sie allein durch meine Anwesenheit jeden Tag an ihn erinnerte.

»Hunger, Ella?«

Erst jetzt bemerkte ich das beißende Loch in meinem Magen und nickte.

»Gibt es zufällig auch was anderes als Stinkekäse?«

»Nicht zufällig, absichtlich.« Mum nahm die Brotbox aus der Provianttasche und lugte hinein. »Frischkäse? Emmentaler? Oder möchtest die Butterbreze vom Bahnhof?«

»Emmentaler.«

Sie reichte mir eine Schnitte, dazu eine Serviette. Den

restlichen Proviant breitete sie auf dem Tisch und auf den freien Sitzen neben uns aus. Außer den belegten Broten gab es Gemüsestifte, Aprikosen, Tomaten sowie Cantuccini, die sie gestern gebacken hatte, als Rosa und ich uns voneinander verabschiedet hatten. Meine Freundin fuhr mit ihren Eltern für zwei Wochen ins Allgäu, danach ging es zurück nach München, wo sie an einem Stand-up-Paddling-Kurs teilnahm.

»Reicht das? Wenn nicht, können wir später noch in den Speisewagen gehen.«

»Nicht nötig«, nuschelte ich mit vollem Mund.

In Venedig wurde ich sowieso gemästet. Tante Anna und Onkel Thomas kochten fantastisch und stellten jeden Abend die köstlichsten Gerichte auf den Tisch. Spaghetti mit Garnelen, Muscheln oder Tintenfischen, gegrillte Artischocken, hausgemachte Gnocchi mit Tomatensoße, Fischrisotto und meine Lieblingsnachspeise Pannacotta. Und auch unterwegs bekam man an jeder Bar Tramezzini, diese dreieckigen, üppig gefüllten Weißbrot-Sandwiches, außerdem gigantische Pizzastücke, süße Teilchen und Eis. Die Wahrscheinlichkeit, dass ich in den nächsten Wochen verhungerte, tendierte also gegen null.

Ich biss in ein Stück Mohrrübe, als ein kräftig gebauter Mann und sein schlaksiger, hoch aufgeschossener Sohn im Gang auftauchten. Zumindest glaubte ich, dass sie Vater und Sohn waren. Sie hatten beide espressobraune Wuschellocken – beim Vater waren sie etwas kürzer geschnitten als beim Sohn, der sie zum hohen Dutt zusammengebunden hatte – und leicht abstehende Ohren. Auf unserer Höhe blieben sie stehen und setzten ihre Rucksäcke ab.

»Ist hier noch frei?«, fragte der Vater mit italienischem Akzent.

Nein!, dachte ich. Nicht dass ich etwas gegen die beiden hatte, sie wirkten durchaus sympathisch, aber wir hatten unser Essen überall verteilt. Das sah man doch. Und gab es nicht noch woanders zwei freie Plätze?

»Entschuldigen Sie, ich spreche nicht gut Deutsch«, fuhr der Mann fort. »Aber Fabio. Meine Sohn.«

Mein Blick wanderte zu Fabio, *seine Sohn.* Wahnsinn, diese tiefblauen Augen. Wie der Starnberger See an einem Tag im August. Dagegen konnte nicht mal Elias anstinken, der sich immer so viel auf die Farbe seiner Augen eingebildet hatte. Als hätte der Junge meine Gedanken gelesen, zwirbelte er verlegen eine herausfallende Locke mit dem Zeigefinger und sagte leise: »Wir wollen nicht stören, aber da, wo wir eben gesessen haben ...« Er brach ab.

»Was meine Sohn will sagen«, sagte wieder der Vater. »Im anderen Waggon war eine Katze und Fabio hat eine Allergie. Richtige schlimme Allergie.« Er legte seine Hand auf die Brust. »Kriegt keine Luft und ...«

Fabio zischte seinem Dad etwas zu, wovon ich kein einziges Wort verstand. Meine Italienischkenntnisse beschränkten sich darauf, Hallo und Auf Wiedersehen zu sagen, eine Pannacotta oder ein Eis zu bestellen oder nach dem Weg zu fragen. Meine Mutter fand zwar, dass ich schon ganz gut Italienisch sprach, aber ich hielt das für ein Gerücht.

»*Scusate*«, fuhr der Vater mit Blick auf den ausgebreiteten Proviant fort. »Gibt andere freie Plätze. *Buon appetito. Dai*, Fabio.«

Er schnappte sich die Gepäckstücke, hob die Hand zum

Gruß und marschierte weiter. Der Typ namens Fabio trottete mit gesenktem Kopf hinter ihm her.

»Das war unhöflich von uns.« Mama zog die Stirn kraus. »Wir hätten Platz machen sollen. Der arme junge Mann.«

»Hm«, machte ich und biss von meinem Brot ab. Offen gestanden hatte ich keine Meinung dazu. Eine Zugfahrt mit meiner Mutter, meinen Fotos und In-die-Landschaft-Gucken war eine Sache. Eine andere, wenn plötzlich ein Mann mit Redebedürfnis und sein Sohn ohne Redebedürfnis über Stunden mit uns zusammensaßen. Auch wenn dieser Fabio mit seinen Augen jedem Elias Konkurrenz machte.

Nach dem Käsebrot aß ich ein weiteres mit Frischkäse, dazu etwas Kohlrabi, zum Nachtisch naschte ich zwei Kekse.

»Schmecken sie?«, fragte meine Mutter.

»Sieht man das nicht?«

Sie lächelte erfreut.

»Bessere hab ich nicht mal in Venedig bekommen«, fuhr ich fort.

»Prima. Dann werde ich die in Zukunft für mein Geschäft backen.«

Meine Mutter verkaufte in ihrem Delikatessenladen nicht nur aus Italien importierte Spezialitäten wie Schinken, Käse, Oliven, Kekse und Wein, sie schenkte auch Kaffee aus. Und immer gab es einen Keks oder eine andere kleine Süßigkeit gratis dazu.

Kaum hatte sie die Provianttasche kurz darauf wieder unter dem Tisch verstaut, tauchte das Vater-Sohn-Gespann ein zweites Mal am Ende des Ganges auf.

»Mama, sie kommen zurück.«

»Wer?«

»Na, die beiden. Du weißt schon ...« Ich verstummte.

»Ah, gut geschmeckt?« Ein Grinsen überzog das Gesicht des Vaters wie Zuckerguss den Donut.

Meine Mutter nickte. Ich tat nichts. Außer Fabios Blick auszuweichen. Auch wenn ich nicht hinsah, spürte ich, dass er mich musterte.

»Ja, sehr gut«, antwortete sie. »Aber setzen Sie sich doch bitte. Es tut mir leid, dass wir die Plätze nicht sofort frei gemacht haben.«

»Kein Problem! Essen ist wichtig. *Molto importante!*«

Er wechselte ein paar Sätze mit seinem Sohn auf Italienisch, dann verstauten sie ihre Gepäckstücke auf der Ablage über uns. Das dauerte ein Weilchen, weil Mama und ich uns dort mit den beiden Rollkoffern und zwei sperrigen Taschen breitgemacht hatten.

»Stefano, *piacere*!« Der Vater streckte erst Mama, dann mir die Hand hin. »Und Sie sind ...?«

Mum lachte nervös. Kein Wunder. In Zügen fuhr man eine Weile zusammen, aber für gewöhnlich stellte man sich nicht bei den Mitreisenden vor.

»Ich heiße Barbara und das ist meine Tochter Ella.«

»Barbara und Ella!« Er setzte sich neben Mama. »Fabio, *dimmi*, sind das schöne Namen?«

Der schlaksige Typ, der eben noch an einem der Gepäckstücke herumgedoktert hatte, ließ sich neben mich fallen und streckte seine langen Beine in den Gang.

»Mhm«, brummte er und kramte sein Handy raus. Ende der Durchsage.

Ich konnte ihn gut verstehen. Allein die Vorstellung,

meine Mutter hätte die Vornamen unserer Mitreisenden über den grünen Klee gelobt, trieb mir die Schamesröte ins Gesicht.

Doch es kam noch schlimmer. Während sich Fabio die Ohrhörer in die Ohren schob, unterhielten sich Mama und Stefano in Megafonlautstärke. Ich hörte bloß mit halbem Ohr hin, bekam aber mit, dass Stefano und *seine Sohn* bei den deutschen Großeltern in Augsburg zu Besuch waren, seine Frau Maria stamme von dort. Er selbst sei Venezianer, arbeite seit über zwanzig Jahren als Gondoliere und wolle meine Mutter und mich sehr gern einmal durch die Kanäle schippern. Gratis natürlich. Sofern wir denn Lust dazu hätten.

Mama stieß mich in die Seite. »Und, Ella? Wie findest du das?«

»Was?«, fragte ich belämmert nach.

»Stefano hat uns zu einer Gondelfahrt eingeladen.«

»Ah, danke, super«, murmelte ich.

Stefanas Angebot war bloß nett gemeint. Er konnte nicht wissen, dass ich jedes Mal, wenn ich eine mit Touristen voll besetzte Gondel sah und der Gondoliere womöglich noch *O sole mio* schmetterte, peinlich berührt zusammenzuckte. Und mit meiner Mutter *romantisch* durch die Kanäle zu gleiten, lag sowieso außerhalb meiner Vorstellungskraft. Wenn überhaupt, tat man so etwas mit einem Traumtypen. Und von dem Thema wollte ich im Moment nichts wissen.

Fabio war ganz in seine Musik abgetaucht und auch ich nahm meine Ohrhörer aus dem Rucksack. Das Geschnatter neben mir war kaum zu ertragen. Und die Tatsache, dass noch sehr viele Zugstunden vor mir lagen, machte es nicht besser. Ich drehte die Musik laut auf und schaute aus dem Fenster. Zum Glück hatte der Regen nachgelassen, der Zug schaukelte gemütlich durch die bergige Landschaft und die Sonne blitzte zwischen grauen Wolkenungetümen hervor.

Ich schloss die Augen, und als ich sie einige Minuten darauf wieder öffnete, sah ich aus dem Augenwinkel, dass Fabio in ein Heft kritzelte. Er tat dies so hingebungsvoll, dass er im Minutentakt seine Position veränderte. Mal schlug er die Beine übereinander, mal streckte er sie lang in den Gang, und ab und zu wehte mich ein schwacher Limetten-Duft mit einem Hauch Rosmarin an. Vielleicht war es auch Pfefferminz – egal, es roch unfassbar gut.

Ich wandte meinen Kopf ein paar Zentimeter zur Seite und riskierte einen verstohlenen Blick. Fabio zeichnete einen Comic. Das wirkte so gekonnt, dass ich mich fragte, ob er womöglich gar nicht mehr zur Schule ging, sondern schon studierte. Im ersten Moment hatte ich ihn auf fast siebzehn geschätzt, so alt wie ich, aber vielleicht lag ich auch komplett daneben.

Wie gebannt sah ich ihm beim Skizzieren zu. Der Bleistift sauste übers Papier, ab und zu runzelte Fabio die Stirn und radierte etwas weg. Die Krümel pustete er in den Gang oder schob sie mit der Handkante von sich fort. Wow, was für schöne Hände er hatte! Lang und schmal, die Nägel schimmerten in einem blassen Rosa und ums Handgelenk schmiegte sich ein dreifach geschlungenes Lederarmband.

Plötzlich hielt Fabio inne und spähte zu mir rüber. Einen Sekundenbruchteil lang trafen sich unsere Blicke.

Ich guckte weg und tat, als würde es mich am Bein jucken. Wie peinlich, hatte ich ihn etwa die ganze Zeit angegafft? Und er hatte es bemerkt?

Zum Glück hatte ich mein Handy in der Hand und klickte die Fotogalerie auf. Vorhin hatte ich die Wolken-Aufnahmen sortiert und ausgemistet, nun arbeitete ich mich durch das Album mit Freunden. Rosa, immer wieder Rosa! Ich löschte kein einziges Foto. Meine Freundin Rosa war süß, knuffig und sommersprossig und sah selbst dann toll aus, wenn sie morgens mit wirren Haaren aus dem Bett kroch. Es folgten Aufnahmen von unserer legendären Schulfete. Damals war ich mit Elias zusammengekommen. Mein Magen fuhr Fahrstuhl, als ich auf ein ganz bestimmtes Foto stieß. Elias saß auf der Fensterbank im Chemiesaal, ein Bein hochgezogen, und lächelte in die Kamera. Er hatte so cool ausgesehen mit den schulterlangen, von der Sonne blond gewordenen Haaren. Alle Mädchen standen auf ihn, ausnahmslos. An diesem Tag, ich erinnerte mich genau, hatte ich mich rettungslos in ihn verliebt. Ich scrollte weiter, fand immer mehr Fotos von ihm. Elias beim Skaten. Elias in Badehose am Walchensee. Elias vor der Feldherrnhalle am Odeonsplatz. Elias mit seinem Hund Charly im Arm.

Ich atmete tief ein und aus, dann ging mein Blick aus dem Fenster, wo der Himmel plötzlich schwefelgelb leuchtete, und als ich den Kopf wieder nach links drehte, bemerkte ich, dass Fabio auf mein Handy starrte. Es war nur ein mikrokurzer Moment, aber er reichte aus, um meinen Herzschlag auf Touren zu bringen. Rasch klickte ich die Fotos weg.

Lass ihn bitte nicht die Bilder von Elias gesehen haben, flehte ich im Stillen. Elias ging niemanden etwas an. Und schon gar nicht diesen Wahnsinnstypen neben mir.

Wahnsinnstyp? Hatte ich das eben wirklich gedacht?

»Hab ich nicht«, murmelte ich, und als ich noch mal zu Fabio schaute, sah ich, dass er mich angrinste. Also, er grinste nicht richtig, nur ein Mundwinkel hob sich und seine Augen waren jetzt intensivblau wie das Meer an seiner tiefsten Stelle.

Und während ich noch dachte, dass gerade ziemlich verrückte Gedanken meine Gehirngänge fluteten, zuckte ein Blitz durch den Himmel. Meine Mutter schreckte von ihrem Buch hoch und setzte sich kerzengerade hin.

Ich zählte die Sekunden, bei drei rollte ein gewaltiger Donner über die Berge. Schon öffneten sich die Schleusen und ein sturzbachartiger Regen ging los. Das Wasser prasselte gegen die Scheiben, ein paar Blitze flackerten in rascher Folge, dann gab es einen ohrenbetäubender Knall.

Mum schrie auf.

»Madonna mia!«, rief Stefano.

Fabio murmelte etwas auf Italienisch.

Ein Ruck ging durch den Waggon, wieder knallte es irgendwo und mir brach der Schweiß aus. Die nächsten Sekunden, vielleicht waren es auch Minuten, erlebte ich, als würde ich in einem Zeitvakuum feststecken, nicht vor- und nicht zurückkönnen.

Ich schoss nach vorne.

Ich dachte, gleich zerquetschst du Mama.

Ich sah die Armlehne zwischen meiner Mutter und Mister Gondoliere auf mich zurasen.

Ich spürte Arme, die mich zurückrissen, und ein Schmerz flackerte in meinem Bein auf.

Und dann ... keine Ahnung, was dann war. Plötzlich stand der Zug und Fabio und ich lagen ineinander verknäult im Gang. Ich halb unter ihm und er schaute mich an. Und alles, was ich in diesem benommenen Zustand denken konnte, war, dass ich gerade in die blauesten Augen der Welt geschaut hatte.

27. Juli, Nachmittag – Krankenhaus, irgendwo in Oberitalien

»Ella?« Die Stimme drang wie aus einem anderen Universum an mein Ohr. »Ella, bist du wach?« Ich spürte eine Hand an meiner Schulter. »He! Nicht wieder einschlafen.«

Ich schlug die Augen auf und sah das verzerrte Gesicht meiner Mutter über mir.

»Wie geht es dir?«

»Ich weiß nicht ... ich ... Wo bin ich, Mama?«

Über mir flackerte eine Neonröhre. Gesprächsfetzen drangen an mein Ohr.

»In einem Krankenhaus in Italien.«

»Was? Warum denn?«

»Da war ja dieses heftige Gewitter ...«

Undeutliche Bilder flackerten vor mir auf. Der Himmel schwefelgelb ... Schwarze Wolkenmützen auf den Wipfeln der Berge ... Blitze ... Ich hörte einen dumpfen Knall und noch einen, Schreie, dann fielen mir die meerblauen Augen ein. Fabios meerblaue Augen. Und ich erinnerte mich an das merkwürdige Gefühl im Magen, das sich wie Fahrstuhlfahren angefühlt hatte.

»Ein Blitz hat in einen Baum an der Bahnstrecke eingeschlagen«, fuhr meine Mutter fort. »Er hat ihn gespalten und eine Hälfte ist auf unseren Zug gefallen.«

Angst kroch in mir hoch. Obwohl ich ja offensichtlich nicht gestorben war. Und Mama auch nicht. Ich wollte mich aufrichten, doch weil mein Kopf Karussell fuhr, legte ich mich gleich wieder hin.

»Ist der Zug entgleist?« Meine Stimme zitterte.

Meine Mutter schüttelte den Kopf. »Aber er musste eine Vollbremsung hinlegen. Dabei bist du aus dem Sitz geschleudert worden.«

Mich fröstelte. Und langsam erinnerte ich mich auch wieder. Allerdings weniger an den Schrecken als an das intensive Gefühl für Fabio. An seinen Blick. An seinen Geruch. Einen Hauch Zitrone und Rosmarin ... Allein der Gedanke an ihn trieb meinen Puls in die Höhe.

»Bist du okay, Mama?«

»Ich hab nicht mal einen Kratzer abgekommen. Wir hatten überhaupt ziemliches Glück. Das Ganze hätte viel schlimmer ausgehen können.«

Sie reichte mir eine Flasche Wasser und ich flößte mir ein paar Schlucke ein.

»Was ist mit Fabio und seinem Vater?«, fragte ich.

»Keine Ahnung, ich hab mich ja nur um dich gekümmert. Und dann kamen auch schon die Rettungswagen.«

Ein Schmerz durchzuckte meinen Unterschenkel und ich tastete danach. Erst jetzt bemerkte ich, dass mein Hosenbein hochgekrempelt war und ich eine blutverkrustete Wunde am Schienbein hatte.

»Tut's sehr weh?«

»Geht so.«

»Es kommt bestimmt gleich jemand und versorgt dich.«

»Und dann können wir gehen?«

Mums Stirn kräuselte sich. »Stell dich besser darauf ein, dass wir über Nacht hierbleiben müssen.«

»Auf gar keinen Fall.« Ich stützte mich auf den Ellbogen ab. »Ich will nach Venedig!«

»Ich doch auch, mein Schatz.«

Plötzlich sehnte ich mich so sehr nach der gemütlichen Matratze in Matildes Zimmer, nach einem Teller Pasta und einer warmen Dusche, dass mir Tränen in die Augen traten.

»Vielleicht bringen sie uns ja auch irgendwo anders unter.«

»Wie, wo denn? Und warum?«

Meine Mutter sog die Luft scharf ein. »Weil heute kein Zug mehr fährt. Die Bahnstecke muss erst geräumt werden.«

Ich stöhnte auf. Großartig! Dreifaches Hurra! Wäre ich am Morgen in den Zug nach Berlin gestiegen, wäre das alles nicht passiert. Dann säße ich jetzt mit meinem Vater in einer coolen Rooftop-Bar, wir würden über Filme und Ausstellungen plaudern und ich hätte nicht die ganze Zeit diesen Typen mit den meerblauen Augen im Kopf.

»Mach dir keine Sorgen, Ella. Das wird sich alles finden.«

»Wo ist mein Rucksack?«

Mum tauchte mit dem Kopf unter der Liege ab, zog ihn hervor und hievte ihn hoch. Ich sah nach, ob noch alles drin war, mein Handy und mein Portemonnaie, dabei fiel mir mein Glücksbringer in die Hände. Es war ein kleiner handbemalter Berliner Bär, den mein Vater mir zur Einschulung geschenkt hatte. Seitdem stand er zu Hause auf meinem Nachttisch, und wenn ich verreiste, kam er immer mit ins Gepäck. Es war idiotisch zu glauben, dass er mich beschützt hatte, trotzdem tat es gut, ihn fest an mich zu drücken.

»Leg dich wieder hin, mein Schatz. Das war alles ein bisschen viel für dich.«

Ich nickte ihr zu, dann schloss ich die Augen. Meine Mutter hatte recht. Alles würde sich irgendwie finden.

27. Juli, Abend – Cafeteria eines Krankenhauses, irgendwo in Oberitalien

Es war spät geworden. Meine Mutter und ich saßen in der Cafeteria des Krankenhauses und warteten darauf, dass etwas geschah. Irgendetwas. Zum Beispiel, dass wir erfuhren, wie es mit uns weitergehen würde. Ob wir die Nacht hier verbringen mussten oder ein Hotelzimmer in der Umgebung zur Verfügung gestellt bekamen, wie einige unserer Mitreisenden vermuteten.

Zum Glück hatte die Untersuchung neben der Wunde am Schienbein nur eine leichte Prellung der Hüfte ergeben. Also war ich reisefähig. Nur nützte uns das herzlich wenig, wenn es keinen Zug und auch keinen Bus gab, der uns nach Venedig bringen konnte. Nicht mehr lange und die Dunkelheit brach herein. Und was dann?

Wohl um ihre Nervosität in den Griff zu bekommen, trank meine Mutter einen Espresso nach dem anderen, aber das Gegenteil war der Fall. Sie trommelte mit den Fingernägeln auf die Tischplatte, atmete schwer und seufzte im Sekundentakt. Ich löffelte nach der Pasta, die wir verdrückt hatten, ein Schälchen Pannacotta und hielt nach Fabio und Stefano Ausschau. Erst nur verstohlen, dann immer hemmungsloser, sodass Mum mich irgendwann darauf ansprach.

»Guckst du nach Fabio und Stefano?«

Ich deutete ein Nicken an.

»Mach dir keine Sorgen, Ella«, sagte sie. »Den beiden geht es bestimmt gut.« Sie grinste dabei so doppeldeutig, als wollte sie mir irgendwas unterstellen. Nur was?

Ihr Handy klingelte. Tante Anne. Sie machte sich große Sorgen um uns und rief alle paar Minuten an. Was uns leider auch nicht schneller nach Venedig brachte.

»Nein, Anne«, sagte meine Mutter, nachdem sie eine ganze Weile ihrer Espressotasse zugenickt hatte. »Aber sobald ich mehr weiß, melde ich mich bei dir. Versprochen.« Wieder sagte Tante Anne etwas. »Ja, wir haben gegessen, alles gut. Die Pasta war sogar ganz ordentlich. Grüß Thomas und Matilde von uns! Bis später.«

Sie klickte das Telefonat weg. »Anne glaubt doch wirklich, dass wir später noch ein Glas Wein zusammen trinken.«

»Und du glaubst das nicht?«

Mum lachte auf. »Dazu müsste jetzt sofort ein Helikopter landen und uns hinfliegen.«

Mein Blick huschte durch die Cafeteria. Es ließ mir einfach keine Ruhe, dass ich nicht wusste, wie es Fabio und seinem Vater ergangen war.

»Bin mal kurz auf Klo«, sagte ich und stand auf. Mir wurde schwindelig und ich hielt mich kurz an der Stuhllehne fest.

»Soll ich besser mitkommen?« Eine steile Falte trat zwischen Mamas helle Augenbrauen.

»Geht schon. Alles okay.«

Das war gelogen. Meine Beine fühlten sich wie Gummi an, als ich die Cafeteria durchquerte. Der Aufprall hatte mir augenscheinlich doch ziemlich zugesetzt.

Im Toilettenvorraum hatte sich eine Schlange gebildet. Ich vertrieb mir die Zeit damit, mein blasses Gesicht im Spiegel zu betrachten. Die italienische Sonne würde mir guttun. In der Schule war es in den Wochen vor den Ferien stressig gewesen. Ich hatte zwei Klausuren verhauen, was ungünstig war, weil ich mich nach der Trennung von Elias in fast allen Fächern im Mündlichen verschlechtert hatte. Das lag nicht etwa am Stoff, sondern an meinen ewig kreisenden Gedanken. So etwas, das hatte ich mir geschworen, würde mir nie wieder passieren. Kein Junge auf der Welt war es wert, dass ich in der Schule absackte und mir schlimmstenfalls die Zukunft verbaute. Egal, wie fantastisch er roch. Egal, wie blau seine Augen waren. Egal, wie gut er zeichnen konnte.

Ich wischte mir etwas Wimperntusche unter den Augen weg, dann strich ich meinen Bob mit den Händen glatt.

»Wie stellen die sich das eigentlich vor?«, hörte ich eine Stimme hinter mir. »Dass wir zusammen mit den Männern in einer Turnhalle nächtigen? Ohne richtige Waschgelegenheiten? Also, nicht mit mir! Ich bin ja nun auch nicht mehr die Jüngste.«

Turnhalle? Bei mir schrillten sämtliche Alarmglocken.

»Die eine Nacht wirst du wohl schaffen, Karin«, sagte eine andere Frau. »Sei froh, dass du dir nichts gebrochen hast.«

Ich drehte mich nach den beiden Damen um. »Entschuldigen Sie«, sagte ich, »ich wollte nicht lauschen, aber ...«

Die eine von ihnen – sie hatte freundliche Augen mit Tausenden von Fältchen drum herum – lachte keckernd auf. »Das lässt sich in einem Toilettenvorraum kaum vermeiden, nicht wahr, mein Kind?«

»Waren Sie auch in dem Zug aus München?«, fragte ich.

»Oh ja!« Ihre Hände flatterten wie Fledermäuse. »Wir waren sogar in dem Waggon, auf den der Baum gekracht ist. Aber uns ist zum Glück nichts passiert. Wir hatten wirklich einen Schutzengel!«

»Und jetzt sollen alle Leute, die sie nicht hierbehalten, in einer Turnhalle schlafen?« Meine Stimme zitterte.

»Ich fürchte, ja«, antwortete die Frau mit den freundlichen Augen. »Das haben sie beim Infostand im Foyer behauptet.«

Und die andere sagte: »Die Bahn stellt auch ein paar kostenlose Taxis zur Verfügung. Aber die fahren leider nur nach Verona, Venedig und Bologna.«

Ich bedankte mich, ging rasch aufs Klo, dann flitzte ich los. Im Eilschritt zurück durch die Halle, rein in die Cafeteria.

»Komm, Mama!«

»Wie, wohin?«

»Es fahren Taxis!«

Meine Mutter blieb sitzen. »Das können wir uns aber nicht leisten. Weißt du eigentlich, wie weit es bis Venedig ist?«

»Zahlt die Bahn. Jetzt komm schon! Lass es uns wenigstens probieren!«

Ich zerrte die Gepäckstücke unter dem Tisch hervor, drückte ihr ihren Rollenkoffer in die Hand und lief im Stechschritt voraus. Sie keuchte auf klackenden Absätzen hinter mir her. Dabei zeterte sie unentwegt und wollte das alles sowieso nicht glauben, aber darauf konnte ich keine Rücksicht nehmen. Jede Chance, heute von hier wegzukommen, wollte ich nutzen. Und mochte sie noch so klein sein.

Draußen wurde es bereits dunkel und ein warmer Nieselregen hatte eingesetzt. Es roch verbrannt, als gäbe es irgendwo in der Nähe ein Lagerfeuer.

»Wart mal kurz, Mama.«

Ich blieb stehen und krempelte das linke Hosenbein hoch.

»Was wird das jetzt?«

Ich zeigte auf das Pflaster am Schienbein. »Wenn jemand fragt, bin ich verletzt, okay?«

»Ja, sicher, weiß ich doch.«

»Und kannst du das auch auf Italienisch sagen?«

»Du meinst, das erhöht unsere Chancen, dass man uns mitnimmt?«

Ich nickte und steuerte die Hauptstraße an, wo ich die Taxis vermutete, aber hier parkten lediglich Autos.

»Scusate?«, sprach meine Mutter drei Männer an, die in einem abgetrennten Areal standen und an ihren Kippen zogen. »Taxi?«

Die drei antworteten so schnell, dass ich kein Wort verstand.

»Was haben sie gesagt?«

»Wir sind falsch. Andere Seite.«

Wir machten kehrt, meine Mutter beschleunigte ihren Schritt, sie lief fast, da stolperte mir eine Frau an Krücken vor die Füße. Wir stießen an den Schultern zusammen, sie geriet ins Straucheln, drohte durch das Gewicht des Rucksacks auf ihrem Rücken nach hinten zu kippen, doch ich konnte sie gerade noch festhalten.

»*Mi dispiace, Signorina!*«, rief sie.

»Kein Problem«, antworte ich auf Deutsch.

»Ah, Sie sind Deutsche.« Sie blickte sich suchend um. »Wissen Sie, wo hier ein Taxistand ist?«

»Da wollen wir auch gerade hin«, sagte meine Mutter. »Kommen Sie.«

»Danke, das ist sehr freundlich von Ihnen.«

Meine Mutter schickte der Frau ein Lächeln. Es war nur anständig von uns, sie in ihrem Zustand nicht hängen zu lassen.

»Wohin geht's denn?«, fragte sie weiter.

»Nach Venedig«, antwortete meine Mutter.

Die Frau lachte wie befreit auf. »Das trifft sich prima. Ich auch! Vielleicht erwischen wir ja ein gemeinsames Taxi.«

Wir stapften an der unbeleuchteten Seite des Krankenhauses entlang und liefen an einer Reihe parkender Rettungswagen vorbei. Ein paar Meter weiter tat sich der Busbahnhof, der zugleich Taxistand war, vor uns auf. Reisende wuselten durcheinander, dazwischen standen Leute von der Security und hielten Schilder hoch. Bologna, Trieste, Padova, las ich.

»Da!«, rief die Frau mit den Krücken. »Venezia!«

Ich schaute in ihre Richtung und erspähte nun auch den Mann mit dem Venedig-Schild.

Die Frau humpelte beherzt voraus, zwängte sich an einer Menschentraube vorbei und trat auf den Security-Mann zu. Ich sah, wie sie mit ihrer Krücke gestikulierte, italienische Wortfetzen wurden zu uns herübergetragen, dann fuhr sie herum und zeigte auf meine Mutter und mich.

»Kommen Sie! Wir dürfen mit!«

Mir fiel ein Stein vom Herzen. Ich konnte mir in diesem Augenblick nichts Schöneres vorstellen, als in weiche Taxisitze zu sinken, die Augen zuzumachen und mich nach Venedig kutschieren zu lassen. Wir würden mitten in der Nacht ankommen, da fuhr wahrscheinlich kein Vaporetto mehr, aber das machte nichts. Zu Fuß brauchten wir von der Piazzale Roma nur knappe zwanzig Minuten zum Hotel. Auch meine Mutter stieß einen Seufzer der Erleichterung aus, als der Taxifahrer unser Gepäck im Kofferraum verstaute und wir einsteigen durften.

Es gab Platz für acht Leute, bisher saßen zwei ältere Damen in der ersten Reihe, meine Mutter und die Frau mit den Krücken nahmen die Dreierreihe dahinter in Beschlag. Ich wollte neben Mum schlüpfen, da wedelte der Taxifahrer mit der Hand und verwies mich auf die letzte Reihe, wo es nur zwei Plätze gab und man weniger Beinfreiheit hatte.

»Kann meine Tochter nicht neben mir sitzen?«, fragte meine Mutter in englisch-italienischem Kauderwelsch, aber ich bedeutete ihr, still zu sein. Es war mir egal, wo ich saß. Hauptsache, ich musste nicht mit einer Zugladung Menschen in einer Turnhalle übernachten.

Meine Mutter wandte sich nach mir um. »Du hast Glück, dass du noch auf der Toilette warst«, sagte sie im Flüsterton, als ein Mann mit einem wehenden weißen Seidenschal einstieg. Er brachte nicht nur eine Parfümwolke mit, sondern auch zwei weitere Personen, die zögerlich ins Taxi lugten.

Stefano und Fabio.

Fabio und Stefano.

Mein Herz gab Gas. Von null auf hundert.

Gleichzeitig fiel mir eine zentnerschwere Last von der Seele. Beide schienen wohlauf zu sein.

Während Stefano meine Mutter überschwänglich begrüßte und neben sie rutschte, stieg Fabio hinten ein und faltete seine fast ein Meter neunzig neben mir auf dem Sitz zusammen. Das war gar nicht so einfach, weil seine Beine in jeder Position gegen den Vordersitz stießen.

»Hallo, Ella«, sagte er, und obwohl ich fest und sicher saß, spürte ich, wie meine Knie wachsweich wurden.

Weil sein Auftauchen so überraschend war.

Weil ich einfach nur glücklich war, dass ihm nichts passiert war.

Und weil er mich, nachdem wir im Zug kein Wort miteinander gewechselt hatten, bei meinem Vornamen angesprochen hatte.

»Ähm ... hallo«, stotterte ich und versuchte, meinen Pulsschlag unter Kontrolle zu bringen. Doch mein Herz jagte bloß umso schneller. Es hätte mich nicht gewundert, wäre das Puckern bis vorne zum Fahrer zu hören gewesen.

Pfefferminzkaugummigeruch wehte mich an, als Fabio fragte: »Bist du okay?«

Ich nickte. »Mir tut nur das Schienbein ein bisschen weh. Und du?« Erst jetzt fiel mir auf, dass mein Hosenbein immer noch aufgekrempelt war, und ich klappte es wieder runter.

»Schürfwunde.« Er tippte sich an den Hinterkopf, wo unterhalb des Dutts ein Verband klebte. »Aber es tut nicht weh. Halb so wild.«

»Und dein Vater?«

Fabio lachte leise. »Den haut so schnell nichts um. Er hat nichts abbekommen.«

»Genau wie meine Mutter.«

Wir schauten nach vorne, wo die beiden angeregt wie auf einer Betriebsfeier miteinander plauderten. Dabei waren wir gerade einer Beinahe-Katastrophe entronnen.

Fabio räusperte sich, dann rieb er sich ausführlich das abstehende Ohr. »Tut mir übrigens leid, dass ich ...« Er brach ab.

»Was?«

»Dass ich mit voller Wucht auf dich raufgefallen bin. Das hat bestimmt höllisch wehgetan, oder?«

»Ich weiß ... äh ... Ich kann mich nicht so richtig erinnern.«

»Ach, deswegen ...« Er nickte seinem Knie zu, das sich seinen Weg durch einen Riss in den Jeans bahnte.

»Was meinst du?«

Er sah mich an und seine blauen Augen wirkten im Schummerlicht schwarz. »Du hast gar nicht reagiert, als die Sanitäter dich angesprochen haben. Sie haben dir dann irgendwas gespritzt.«

»Was mich ziemlich umgehauen hat«, murmelte ich. »Ich bin erst im Krankenhaus so richtig zu mir gekommen.«

»Freut mich.«

»Was?«, fragte ich leise nach. Meinte er die Tatsache, dass ich wieder zu mir gekommen war?

»Dass wir zusammen fahren.«

»Mhm«, machte ich und konnte mir ein Grinsen nicht

verkneifen. Das Leben war bisweilen spannender als jeder Film. Mit einer richtigen Katastrophe und einem Happy End. Und ich befand mich irgendwo dazwischen.

28. Juli, Nacht – Irgendwo in Oberitalien

Das Taxi schaukelte durch die Nacht. Es hatte zu regnen begonnen, Tropfen prasselten aufs Dach und liefen seitlich am Fenster hinab. Flüchtige Perlen, die ständig ihre Formation veränderten. Nach einer kurzen Rast an einer Tankstelle fläzte ich mich wieder auf die bequeme Rückbank. Meine Mutter hatte Wasser, zwei Schokoriegel und eine Tüte Nüsse gekauft, damit wir die lange Fahrt überlebten.

Alles war gut. Geradezu perfekt. Mum und Stefano tuschelten miteinander, aus der ersten Reihe drang leises Schnarchen, die Frau neben meiner Mutter sah in die Dunkelheit und der Mann mit der Parfümwolke hatte den Taxifahrer in ein Gespräch verwickelt. Dennoch störte mich etwas. Und zwar, dass sich Fabio nach unserer ersten, beinahe flüssigen Unterhaltung wieder in sein Schneckenhaus zurückgezogen hatte.

Ob er müde war? Immerhin war es spät, eigentlich längst Schlafenszeit. Nach und nach wurde es ruhig im Taxi. Ich lehnte mich, meine Jeansjacke zum Kissen gerollt, gegen die Autoverschalung und schloss die Augen. Gedanken wirbelten durch meinen Kopf. Wieder hörte ich den Knall kurz vorm Unfall, ich spürte einen durchdringenden Schmerz und dann sah ich Fabio über mir. Wie er mich angeschaut hatte ... Wie ihm eine Locke über die Augenbraue gefallen war ... Und obwohl wir mit verdrehten Gliedmaßen auf dem Gang lagen und ich nicht wusste, was eigentlich los war, hatte ich in seiner Gegenwart keine Angst verspürt.

Ich nahm einen Lichtschein wahr und öffnete wieder die Augen. Fabio hatte sein Heft auf den Knien und zeichnete im Schein seiner Handylampe.

»Stört dich das?«, fragte er, als ich mich gerade hinsetzte.

»Nein. Mach nur.«

Ich spähte aufs Papier. Fabio hatte mit wenigen Strichen eine hügelige Landschaft skizziert, durch die ein Taxi im Mondschein fuhr.

»Wow!«, rutschte es mir raus.

Sein Blick ging zu mir.

»Tut mir leid, ich wollte nicht neugierig sein.«

»Ist doch in Ordnung.«

»Du zeichnest richtig gut.«

»Danke«, sagte er und klemmte sich eine Locke hinters Ohr.

»Wird das ein Comic oder eine Graphic Novel?«

Ein Lächeln flog über sein Gesicht. »Du kennst dich ja richtig aus.«

»Nein, nicht besonders.«

»Irgendwas dazwischen«, beantwortete er meine Frage.

»Machst du was mit Kunst?«

»Ich gehe in Mestre in eine Zeichenklasse, und nach dem Abitur ...«, er wechselte die Position und sein unverkennbarer Limetten-Rosmarin-Duft stieg mir in die Nase, »will ich an die Kunsthochschule. Aber ... psst.« Er deutete mit dem Kinn auf seinen Vater.

»Hat er was dagegen?«

»Er will, dass ich Gondoliere werde. Alle Männer in unserer Familie waren und sind Gondolieri. Das ist Tradition.«

»Aber das ist absurd! Ich meine, wenn du überhaupt keine Lust darauf hast.«

Er schnaubte. »Erzähl das mal papà.«

Fabio tat mir leid. Und ich war überrascht, weil mir sein Vater alles andere als autoritär vorkam. Eher lustig und locker, wenn auch ein bisschen laut.

Fabio zuckte zurück und wir lächelten einander an.

Ein, zwei, drei Sekunden lang, dann konnte ich seinem Blick nicht mehr standhalten, daher fragte ich: »Und deine Mutter?«

Seine Schultern rutschten nach oben und verharrten dort. »Meistens findet sie gut, was mein Vater sagt. Das war schon immer so. Sie hat für ihn sogar ihren Beruf aufgegeben. Früher in Deutschland war sie eine ziemlich gute Geigenlehrerin. Jetzt ist sie Hausfrau. Und von Comics haben beide keine Ahnung.« Seine Schultern rutschten wieder runter.

»Darf ich?«

Ich deutete auf das Heft und er reichte es mir.

Beeindruckt, wie ihm die Skizze in der Kürze der Zeit und bei dem Autogewackel gelungen war, nickte ich ihm anerkennend zu.

»Du hast richtig Talent.«

Er senkte verlegen den Blick. »Du kannst ruhig ein wenig blättern, wenn du magst.«

»Sicher?«

»Klar«, sagte Fabio und während er mit seinem Smartphone auf das Heft leuchtete, schlug ich Seite für Seite um. Neben Porträts, Skizzen von Straßenzügen und Gebäuden hatte er einen Venedig-Comic gezeichnet. Es ging um Superwoman, die sich dank ihrer Muskelkraft den riesigen Kreuzfahrtschiffen, die in die Lagune fuhren, in den Weg stellte.

»Cool. Hast du dir Superwoman ausgedacht?«

Er schüttelte den Kopf.

»Meine Freundin Sofia ist im Umweltschutz aktiv.«

»Aha«, machte ich und spürte einen Fausthieb im Magen.

Fabio lachte leise. »Sie kann zwar nicht wie Superwoman fliegen und sie hat auch nicht solche Muskelberge, aber sie ist eine unglaublich starke Persönlichkeit.«

Ich rückte unmerklich von ihm ab. Was hatte ich eigentlich erwartet? Dass ein Typ wie Fabio keine Freundin hatte? Das war absurd. Außerdem hatte ich doch beschlossen, dass das Thema Jungs für mich im Moment tabu war. Ich wollte mich aufs Fotografieren und aufs Lernen konzentrieren.

Also lass den Quatsch, Ella, redete ich mir ein.

»Ich muss nur noch ein bisschen kolorieren«, drang wieder Fabios Stimme an mein Ohr. »Was für eine Augenfarbe soll Superwoman bekommen?«

»Ich weiß nicht?«

»Ich dachte erst an Braun wie bei der echten Sofia. Aber vielleicht ist ein leuchtendes Grün doch besser.« Sein Blick huschte zu mir. »So wie bei dir.«

Meine Zunge lag wie ein pelziges Tier im staubtrockenen Mund, als ich ihm zunickte. Im Taxi war es bis auf den Lichtschein der Taschenlampe dunkel. Also musste

Fabio meine Augenfarbe früher aufgefallen sein. Vor dem Unfall. Oder als wir übereinandergestapelt im Gang lagen.

»Und dann kommen noch die Texte«, fuhr Fabio fort. »Das ist für mich das Schwierigste. Manchmal hilft mir Sofia. Sie kann besser schreiben als ich.«

So genau wollte ich es gar nicht wissen.

»Schreibst du auf Deutsch oder auf Italienisch?«, fragte ich mit belegter Stimme.

»Italienisch. Das fällt mir leichter. Deutsch spreche ich nur mit meiner Mutter.«

Ich gab Fabio das Heft zurück, der steckte es weg und im Taxi wurde es wieder still. Nur das gleichmäßige Surren des Motors war zu hören. Ich schloss die Augen und versuchte, das Kribbeln auszublenden, das sich immer dann einstellte, wenn mich Fabio unabsichtlich mit dem Knie oder dem Arm berührte, während wir durch das finstere Nirgendwoland glitten.

Er war bizarr. Guckte ich ab und zu verstohlen zu ihm rüber, erwiderte er meinen Blick und rutschte dabei unruhig auf dem Sitz hin und her. Manchmal dauerte unser Augenkontakt nur einen Sekundenbruchteil, manchmal auch länger, und zusätzlich zu dem Kribbeln setzte sich in mir ein Magenfahrstuhl in Bewegung.

»Entschuldigung«, flüsterte Fabio, als er wieder einmal die Sitzposition änderte und dabei aus Versehen mit seiner Schulter mein Ohr steifte.

»Macht doch nichts. Es ist halt eng hier.«

Er lächelte verlegen. »Aber ich will dich nicht immer wieder aufwecken.«

»Ich kann sowieso nicht schlafen«, platzte es aus mir heraus.

»Ich auch nicht.«

Fabio grub in seinen Hosentaschen, dann hielt er sein Handy und die Ohrhörer hoch.

»Lust auf ein bisschen Musik?«

Ich nickte.

»Was hörst du so?«, fragte er.

»Ach, alles Mögliche. Indie, Folk, Electro.«

»Auch klassische Sachen?«

»Manchmal?«, antwortete ich zögerlich.

Meine Mutter liebte die Klavierkonzerte von Chopin und in der Schule hatten wir Beethoven durchgenommen, aber mehr hatte ich mit klassischer Musik nie zu tun gehabt.

»Magst du Vivaldi?«

»Vielleicht?«

»Ich hab eine ganze Reihe Violinkonzerte runtergeladen. Vivaldi ist übrigens in Venedig geboren. Wusstest du das?«

Ich schüttelte den Kopf und Fabio reichte mir einen der beiden Ohrhörer.

»Aber wenn du lieber allein lauschen willst ...«

»Nein, nein«, wiegelte ich ab, während sich meine Gedanken überschlugen. Fabio, ich und Vivaldi. Das war absurd. Aber auch ziemlich romantisch. Ich schob mir den Ohrhörer ins Ohr, und dann perlte eine so wundervolle Musik durch meine Gehörgänge, dass es mir die Tränen in die Augen trieb.

28. Juli, früher Morgen – Venedig, Piazzale Roma

Es war Viertel vor vier und stockfinster, als das Taxi über die Ponte della Libertà und auf den Busbahnhof Piazzale Roma rollte. So viele Male war ich mit dem Flughafenbus angekommen, jetzt blickte ich aus dem Fenster und fühlte mein Herz lautstark pochen. Weil es das immer tat, wenn ich in der schönsten Stadt der Welt ankam. Und weil ich mich gleich von Fabio verabschieden musste, das auch. Bisher hatten wir keine Telefonnummern ausgetauscht, und genauso wie ich hoffte, dass er mich danach fragte, hoffte ich, dass er es nicht tun würde. Er hatte eine Freundin, eine Superwoman mit langen blonden Haaren, mit der ich nicht mal ansatzweise mithalten konnte. Und wollte ich das überhaupt?

Die Antwort lautete: Nein. Obwohl wir nach dem Musikhören, die Köpfe eng beieinander, Stunde um Stunde miteinander getuschelt hatten. Ich hatte Fabio von Matilde erzählt, die mehr für mich war als nur meine Cousine. Von unseren Streifzügen durch Venedig, auf denen ich alles fotografierte, was mir vor die Linse kam. Brücken, Kanäle, Kirchen und immer wieder Matilde, die wie ein Model posierte oder ihren süßen verfressenen Mops Biscotto ins Bild hielt. Aber ich hatte es mir auch nicht verkneifen können, mich über die vielen Touristen zu beschweren, die mich, obwohl ich selbst eine war, an den Rand des Wahnsinns trieben.

Fabio sah das genauso wie ich. Auch er litt unter den Menschenmassen, die sich im Sommer wie Lavaströme durch die engen Gassen wälzten. Trotzdem war Venedig *seine* Stadt. Und er konnte sich auch nicht vorstellen, irgendwo anders auf der Welt zu leben. Er verriet mir seine Lieblingsorte, von den Touristen weitestgehend unentdeckte Plätze. Eine Bar im Studentenviertel, ein kleiner Park in der Nähe der Via Garibaldi, eine Bank auf dem Campo San Vio am Canal Grande. Hier saß er stundenlang und zeichnete. Sofern er nicht mit seinen Freunden im Eiscafé *Nico* an der Uferpromenade Zattere ein Eis schleckte oder zum Baden auf den Lido fuhr, um der Hitze der Stadt zu entfliehen.

Dann ging alles ganz schnell. Viel zu schnell. Noch während ich mich reckte und streckte, lud der Taxifahrer das Gepäck aus. Die Frau mit den Krücken verabschiedete sich von meiner Mutter. Ich sah, wie Stefano ihr ein Kärtchen zusteckte. Vielleicht seine Visitenkarte? Der Mann mit dem Seidenschal eilte, einen Aluminium-Koffer hinter sich herziehend, Richtung Ponte delle Costituzione, die älteren Damen telefonierten. Alle waren geschäftig, nur Fabio und ich standen wie die Ölgötzen herum.

Ich musste etwas tun. Nur was? Normale Menschen hätten sich normal voneinander verabschiedet, doch dazu war ich anscheinend nicht in der Lage. Und Fabio ebenso wenig. Mir war wirklich nicht mehr zu helfen.

»Tante Babs! Ella!«, gellte eine Stimme über den Platz.

Ich drehte mich um und sah Matilde und Onkel Thomas auf uns zusteuern.

Was taten die beiden hier mitten in der Nacht? Hatten sie etwa auf uns gewartet?

Meine Cousine fing an zu rennen und fiel mir so stürmisch um den Hals, dass wir im Doppelpack zur Seite taumelten.

»Wir haben uns solche Sorgen gemacht!« Immer wieder schmatzte sie mir Küsse auf die Wangen. »Wir konnten nicht schlafen und haben gedacht, dass wir dann ebenso gut rausgehen und nach euch gucken können. Ich freu mich so, dass du da bist! Alles okay, Kleine?«

»Ja, Große«, murmelte ich halb erstickt, weil der Klammergriff meiner Cousine nur noch fester wurde.

Gleichzeitig spürte ich einen Windhauch im Nacken, ich drehte mich um, da stand Fabio.

»Ciao«, sagte er heiser. Er drückte mir einen zusammengefalteten Zettel in die Hand, dann verschwand er in der Dunkelheit.

Matilde grinste breit und ich sah, dass sie eine Zahnspange trug. Die war neu. Sie hatte immer nur davon geredet, sich ihre schiefen Zähne richten zu lassen, die Sache aber nie in Angriff genommen.

»Wer war das denn?«, fragte sie.

»Niemand.«

»Niemand?« Sie lachte auf. »Dafür war er aber ziemlich groß. Und hübsch. Und lebendig.«

»Erzähl ich dir nachher, okay?«

Ich starrte auf das Papier in meiner Hand. Was das wohl war? Seine Adresse? Seine Telefonnummer? Ich würde erst später nachsehen, nicht hier, vor meiner Familie.

»Meine Lieblingsnichte!« Mein Onkel breitete seine Arme aus, dann küsste er mich links und rechts und drückte mich an seinen runden Bauch. »Das tut mir alles so leid, Ella! Du bist verletzt?«

»Nicht schlimm, geht schon.« Erst jetzt merkte ich, wie steif meine Glieder von der langen Taxifahrt waren.

»Wie gut, dass nichts Schlimmeres passiert ist, aber ... was rede ich da! Es ist schlimm genug, dass ihr das alles durchmachen musstet. Und dabei heißt es doch, der Zug ist das sicherste Verkehrsmittel.«

Er redete immer weiter, typisch Onkel Thomas, aber ich war plötzlich so müde, dass ich nur mit halbem Ohr hinhörte. Ich hakte mich bei Matilde unter, Onkel Thomas nahm die großen, schweren Gepäckstücke, so zuckelten wir los.

Noch nie war ich um diese Uhrzeit durch Venedig gelaufen und noch nie hatte ich die Stadt so menschenleer und auch wunderschön erlebt. Auf dem höchsten Punkt der Ponte della Costituzione blieb ich stehen und schaute auf den Canal Grande, in dem sich auf der gegenüberliegenden Kanalseite das Licht der Laternen spiegelte. Ich war angekommen. Angekommen in dieser irren und so außergewöhnlichen Stadt, in der ich mich fast wie zu Hause fühlte. Ich tastete nach dem Zettel in meiner Hosentasche, und dann dachte ich, dass ich trotz Zugunglück, trotz Wunde am Schienbein und abenteuerlicher Fahrt eine wunderschöne Reise gehabt hatte. Und egal ob der Junge mit den meerblauen Augen auch morgen noch eine Rolle in meinem Leben spielen würde, so schnell würde ich unsere Begegnung nicht vergessen.

28. Juli, Morgendämmerung – Hotel *LA BELLA VITA*, Matildes Zimmer

Matilde hatte die Augen geschlossen, als ich nach dem Zähneputzen ins Zimmer platzte. Ihr Brustkorb hob und senkte sich regelmäßig unter dem dünnen Laken, das sie über sich ausgebreitet hatte.

Im Hochsommer und bis weit in den September hinein war es im Dachgeschoss so drückend heiß, dass man keine Bettdecke brauchte. Ich schlief meistens in Slip und trägerlosem Top und bedeckte mich erst in den kühleren Morgenstunden mit dem Bettlaken, das Tante Anne mir hingelegt hatte. Aber auch das war kaum nötig.

Ich liebte die Mansarde mit den Schrägen und den dicken Holzbalken. Auf einem roten Tischchen stand Matildes Nähmaschine, daneben an der Wand lehnte ihr Geigenkasten, und ihre vielen Bücher stapelten sich in einer altmodischen Glasvitrine. Manchmal hörte ich ein Knacken und dann stellte ich mir vor, dass die Geister der Dogen und ihrer Mätressen ihr Unwesen trieben. Matilde war in dem Punkt pragmatischer und fürchtete sich mehr vor Holzwürmern, Mücken und Geckos.

Mein Herz schlug schneller, als ich Fabios Zettel aus der Hose fischte, die ich über einen Stuhl geworfen hatte. Im funzeligen Licht des Lämpchens, das am Kopfende meiner Schlafmatratze stand, entfaltete ich ihn.

Eine Schockwelle durchlief meinen Körper. Fabio hatte ein Porträt von mir gezeichnet. Das war doch ich, oder? Die kinnlangen Haare, die Stupsnase, der breite Mund mit der vollen Unterlippe. Nur meine Augen wirkten größer und runder, die Augenbrauen schmaler. *Für Ella* stand in krakeligen Buchstaben oben links, rechts unten *Fabio Colombo.* Ich drehte das Blatt um, vielleicht hatte er seine Telefonnummer oder einen Gruß dazugeschrieben, aber die Seite war leer.

»Ella?« Matilde hatte den Kopf in der Hand abgestützt und sah neugierig zu mir rüber. Keine Ahnung, wie lange sie schon wach war und mich ansah.

»Liebesbrief?« Sie lächelte.

»Nein, wieso?« Ich faltete das Blatt rasch zusammen und legte es neben mich.

»Na, hör mal, dieser Typ, also ehrlich ...«

»Seit wann trägst du eigentlich die Zahnspange?«

»Seit vier Wochen. Ist manchmal ganz schön unangenehm. Aber jetzt lenk nicht ab. Der Venezianer sah verdammt gut aus, du siehst verdammt gut aus und bist auch noch verdammt schlau, da kannst du mir nicht erzählen, dass da überhaupt nichts zwischen euch war.«

Ich verdrehte Augen.

»Habt ihr euch geküsst?«

Ich lachte auf. »Ja, klar. Mit Zugabe und Applaus von den Mitreisenden.«

Matilde las für ihr Leben gern Liebesromane und manchmal ging die Fantasie mit ihr durch.

»Nicht?«

»Nein, stell dir vor, wir waren ganz anständig. Und haben erst kurz vor Venedig Händchen gehalten.«

»Sag ich doch.«

»Natürlich nicht! Herrje, kannst du immer nur an das eine denken?«

»Wieso, *das Eine* ist doch schön.«

Meine Cousine sah plötzlich traurig aus und ich wusste auch, warum. Sie war zwar bildschön, hatte es aber mit ihren 1,85 trotzdem schwer bei den Italienern. Es gab nur wenige Jungs, die es cool fanden, wenn die Freundin sie um einen ganzen Kopf überragte.

»Also, erzähl mal.«

»Können wir nicht morgen ...?« Ich stieß einen Seufzer aus. »Ich bin wirklich müde.«

Matilde hauchte mir Küsschen zu. »Natürlich, tut mir leid.«

Ich schmatzte ein Küsschen zurück, stellte den kleinen Berliner Bären auf den Messingsockel der Nachttischlampe, dann knipste ich sie aus und ließ mich erschöpft in die Kissen sinken. Ich war in Venedig. Endlich! In dieser großartigen Stadt, in der auch Fabio gerade in seinem Bett lag und vielleicht, also, wirklich nur vielleicht, an unsere gemeinsame Fahrt im Taxi dachte. Und während unter dem Fenster erste Lieferboote durch den Kanal tuckerten, fiel ich in einen tiefen traumlosen Schlaf.

28. Juli, Nachmittag – Hotel *LA BELLA VITA*, Matildes Zimmer

Motorengeräusche drangen an mein Ohr, ich hörte Stimmen, irgendwo schepperte es und ich war wach. Mein Blick ging zu Matildes Bett, aber meine Cousine war schon aufgestanden. Ich gähnte ausgiebig, dann drehte ich mich auf die andere Seite und spürte dem wohligen Gefühl im Bauch nach.

Ich liebte es, dem morgendlichen Treiben auf dem Kanal zu lauschen. Denn das hieß: keine Schule. Stattdessen gemütlich mit Matilde, manchmal auch mit meiner Mutter frühstücken. Rührei, Brioches mit Aprikosenkonfitüre, Kuchen, Honigmelone – mir lief jetzt schon das Wasser im Mund zusammen. Dazu gab es den besten Cappuccino der Welt, den Matilde mit der gigantischen Espressomaschine im Frühstückssaal des Hotels zubereitete.

Wie spät mochte es sein? Ich tastete nach meinem Handy, aber es lag nicht neben der Matratze. Wahrscheinlich hatte ich es beim Ankommen gar nicht mehr aus dem Rucksack genommen.

Die Tür öffnete sich, es knarrte leise und Biscotto schoss kläffend auf mich zu. Er führte einen regelrechten Freudentanz auf, schleckte meine Hand ab, dann hopste er auf die Matratze, um sich von mir streicheln zu lassen.

Matilde stand in Jogginghose und Oversize-Shirt im Türrahmen und grinste mich an. »Ausgeschlafen?«

»Jetzt ja.«

»Weißt du eigentlich, wie viel Uhr es ist?« Sie nahm ihre langen braunen Haare und band sie am Hinterkopf zum Pferdeschwanz zusammen.

»Keine Ahnung. Elf?«

»Vier.«

»Du veräppelst mich.«

Matilde schüttelte den Kopf. »Unsere Mütter sind shoppen gegangen. Papa ist schon bei den Vorbereitungen fürs Abendessen. Es gibt Pasta mit Garnelen und *fegato alla veneziana.*«

Ich verzog das Gesicht. Ich mochte keine Leber und vorm Frühstück konnte ich an so was schon gar nicht denken.

Matilde lachte. »Keine Angst. Es gibt auch jede Menge Antipasti. Magst du einen Cappuccino?«

»Oh ja!«

»Es ist auch noch eine Brioche vom Frühstücksbüfett übrig geblieben.«

»Noch besser.«

»Ich hab übrigens ein Geschenk für dich«, sagte Matilde. »Guck dich mal um. Es ist grün.«

Mein Blick wanderte durchs Zimmer, aber außer einer grünen Tasche, die an dem Nähmaschinentisch lehnte, gab es nirgends etwas Grünes.

»Wie, was meinst du denn?«

»Na, da!« Sie zeigte auf die Tasche.

»Matilde, du bist ja total verrückt!«

Ich schob Biscotto beiseite, stand auf und war mit

einem Satz an der Nähmaschine. »Und die ist wirklich für mich?«

»Nein, für einen Klon meiner Cousine.«

Ich lächelte Matilde an. Sie war nicht nur intelligent und schön, sondern auch handwerklich begabt. Früher hatte sie sich die abgefahrensten Klamotten genäht, jetzt waren es Taschen und Rucksäcke aus alten Lkw-Planen und kompostierbaren Textilien. Seit einiger Zeit arbeitete sie an einer Website, um die Unikate künftig online zu vertreiben.

»Danke, Matilde, das ist ...« Mir fehlten die Worte, als ich die Tasche hochhob und von allen Seiten betrachtete.

»Gefällt sie dir?«

»Das fragst du noch? Sie ist der Wahnsinn! Und dann noch in meiner Lieblingsfarbe!«

Ich hängte mir die Tasche quer über die Schulter, dann umarmte ich meine Cousine so stürmisch, dass wir gegen die Glasvitrine stießen. Wir lachten. Und drückten uns. Und ich war einfach nur froh, hier zu sein.

»Ich mach mal Frühstück, okay?« Matilde befreite sich aus meinem Klammergriff. »Bin gleich wieder da.«

Sie ging raus, Biscotto hoffte wohl auf etwas zu essen und hoppelte hinter ihr her.

Mit meiner neuen Tasche im Arm stellte ich mich ans Fenster und sah nach unten. Ein Wassertaxi durchpflügte den Kanal, ein Lieferboot und ein mit Wäschesäcken beladener Lastkahn tuckerten langsamer hinterher. Das, was ich für den morgendlichen Trubel gehalten hatte, war der Feierabendverkehr. Abgase wehten zu mir herauf, vermischten sich mit dem modrigen Kanalgeruch, der bisweilen im Sommer in der Stadt hing. Ich liebte das alles so sehr. Es gehörte zu Venedig wie die Brioche zum Cappuccino, wie die Chips zum Aperitif.

Wenig später war Matilde zurück und stellte das Tablett mit dem Frühstück – sie selbst hatte sich ebenfalls einen Cappuccino gebraut – auf dem Fußboden ab.

Wir fläzten uns auf die Matratze und ich biss gierig in die Brioche. Tante Anne bezog die Backwaren für ihr Frühstücksbüfett aus einer der besten Bäckereien Venedigs. Jeden Morgen kam ein Laufbursche mit einer riesigen Tüte vorbei.

»Wie ich das in München vermisst habe!« Ich seufzte und musste mich beherrschen, nicht so zu schlingen. Schließlich gab es keinen Nachschub mehr. »Warum hast du mich nicht geweckt?«

»Weil du ausschlafen solltest. Nach der Albtraumfahrt ... Aber ab morgen, darauf kannst du Gift nehmen, prügele ich dich jeden Morgen um sieben aus dem Bett.«

»Ich bitte darum«, erwiderte ich kauend. »Gern auch früher.«

Ich meinte es ernst. Schon länger hatte ich vor, den Markusplatz zu fotografieren, wenn er menschenleer war und der Himmel porzellanrosa schimmerte. Aber weder meine Mutter noch Matilde waren bisher um diese Uhrzeit aus dem Bett gekommen.

Ich leerte die Tasse, Matilde bot sich an, mir gleich noch einen Cappuccino zu kochen, doch ich schüttelte den Kopf. Mein Kaffeedurst war gestillt, jetzt freute ich mich auf eine Dusche, frische Klamotten und einen Spaziergang, um Venedig gebührend zu begrüßen.

»Kommst du mit zur Rialtobrücke?«

»Logisch.« Matilde sah auf die Uhr. »Vielleicht sind schon ein paar Freunde von mir auf dem Campo San Bartolomeo. Dann kannst du kurz Hallo sagen.«

Jeden Abend kamen die Venezianer auf verschiedenen Plätzen in der Stadt zusammen. Die Jugendlichen hier, die Studierenden dort, die Senioren wieder woanders und manchmal standen auch alle gemeinsam herum und tranken einen Spritz oder einen alkoholfreien Crodino. Das war cool, weil man immer jemanden treffen konnte, wenn man Lust hatte, auf der anderen Seite aber zu nichts verpflichtet war.

Sie blinzelte mir zu. »Wer weiß, vielleicht läuft dir ja auch dein Schwarm von gestern Nacht über den Weg.«

»Fabio ist nicht mein Schwarm.«

Energisch verteilte ich den Inhalt meines Koffers auf dem Fußboden. Hier ein Häufchen Slips, dort ein Häufchen Shirts, die Kleider parkte ich auf Matildes Schreibtischstuhl.

»Dafür sahst du gestern aber ziemlich erleuchtet aus.«

»Ich war müde, fix und fertig, halb tot.«

Ein Grinsen glitt über Matildes Gesicht.

»Was?«

»Nichts.« Sie quiekte leise. »Ich würde nur gern wissen, was auf dem Zettel stand.«

Fabios Zeichnung war in der Nacht halb unter die Matratze gerutscht. Ich zog das Papier hervor, entfaltete es – zum Glück war es nicht verknittert – und hielt es Matilde hin.

Die schaute einen Moment darauf, dann ließ sie einen Pfiff durch die Zähne. »Bist das du?«

»Sag du es mir.« Mir fiel ein, wie Fabio mich im Taxi

angesehen hatte, und der Magenfahrstuhl in mir setzte sich in Bewegung, ich konnte nichts dagegen tun.

Wieder blickte sie auf die Zeichnung. »Sieht so aus, oder? Ich meine ... Warum sollte er auch ein anderes Mädchen mit deiner Frisur zeichnen und dir die Skizze schenken? Das wäre absurd.«

Ich nickte. Sie hatte recht. Aber ich mochte mir jetzt nicht darüber den Kopf zerbrechen. Ich wollte endlich raus, venezianische Luft schnappen.

»Gib mir zehn Minuten«, sagte ich, »dann können wir los.«

28. Juli, später Nachmittag – Irgendwo in Venedig

Schwülwarme Luft hing über der Lagunenstadt. Schwalben surrten in den weißlichen Himmel hinauf, der sich im seegrünen Wasser der Kanäle spiegelte.

Untergehakt schoben Matilde und ich uns im Strom der Touristen über die Strada Nova in Richtung Rialto. Ein weiterer Menschenstrom wälzte sich in Gegenrichtung zum Bahnhof Santa Lucia. Biscotto nahmen wir auf unseren Streifzügen nie mit. Er war auf den kühlen Fliesen in der kleinen Hotellobby besser aufgehoben. Und wenn wir abends nach Hause zurückkehrten, freute er sich umso mehr, uns zu sehen.

Ich liebte es, mich mit Matilde durch die pulsierende Stadt treiben zu lassen und die unterschiedlichen Düfte, die aus den Bäckereien, Kaffeebars und Pizzerien herbeiwehten, zu erschnuppern. Auf jeder Brücke blieb ich stehen, atmete eine Prise Venedig und genoss das Gefühl von Ferien, das sich auch ohne meinen Vater gerade ziemlich gut anfühlte. Obwohl mir der Unfall noch in den Knochen steckte und die Wunde unter dem Pflaster juckte.

Wir waren kaum ein paar Meter gelaufen, da schnitt Matilde wieder das Thema Fabio an. Sie wollte wissen, warum ich so allergisch reagierte, wenn sie nur seinen Namen in den Mund nahm.

»Man kann doch nicht ständig über Typen reden.«

»Das will ich ja auch gar nicht. Aber Fabio hat einen total sympathischen Eindruck gemacht. Es wäre doch schade, wenn du ...«

»Ma-til-de«, sagte ich mit Nachdruck.

»Was?«

»Ich will mich nicht verlieben. Wenn du das bitte mal zur Kenntnis nehmen würdest.«

Meine Cousine lächelte spöttisch und ich wusste, was sie dachte: *Ist doch längst passiert, Kleine.* Sobald ich an Fabio dachte, geriet alles in mir in Aufruhr, das musste ich zugeben. Aber ich schob es immer noch auf den Unfall, auf dieses traumatische Erlebnis, das wir miteinander teilten.

Matilde legte ihren Arm um meine Schulter, so blieben wir vor dem Schaufenster eines Schuhgeschäfts stehen. Die Sonne blendete mich und statt Sandalen, Flipflops und Sneakers sah ich nur uns beide, dieses ungleiche Paar, in der Schaufensterscheibe. Matilde in einem kurzen karierten Rock zur Pünktchenbluse, ich fast zwei Köpfe kleiner in Shorts und einem weißem Tanktop, dazu die coole neue Umhängetasche diagonal über dem Körper.

»Ist es wegen deinem Ex?«

»Nein. Elias ist Geschichte.«

Wir zuckelten langsam weiter.

»Wo liegt dann das Problem?«

Ich dachte einen Moment nach, dann sagte ich: »Ich brauche so eine Erfahrung nicht gleich wieder, verstehst du? Ich war sehr verliebt in Elias, das weißt du, aber er ...« Ich schnaubte leise. »Er hat unserer Beziehung überhaupt keine Chance gegeben. Dieses Gefühl, sich so in einem Menschen getäuscht zu haben ... das ist echt nicht schön.«

Matilde nickte verständnisvoll. »Aber das heißt doch noch lange nicht, dass dieser Fabio genauso ist.«

»Nein, natürlich nicht.«

Wir kamen an meiner Lieblingseisdiele vorbei und ich kramte mein Portemonnaie raus.

»Magst du ein Eis? Ich lade dich ein.«

»Klar, Eis geht immer.«

Ich hoffte, Matilde würde nicht noch einmal von Fabio anfangen, doch als wir kurz darauf mit den Eistüten weiterschlenderten, sagte sie: »Seltsam, dass er mir noch nie über den Weg gelaufen ist. Solche Hammertypen fallen doch auf.«

»Vielleicht geht er auf eine andere Schule?«

Matilde besuchte eine internationale Schule außerhalb von Venedig und fuhr jeden Morgen mit dem Zug dorthin.

»Muss so sein.« Sie lachte auf. »Einer wie der wäre bei uns im Nullkommanichts der totale Mädchenschwarm. Er ist groß, sieht gut aus und ...«

Ich hielt Matilde mein Pfefferminz-Eis zum Probieren hin, aber sie schüttelte den Kopf.

»Typen wie der sind ja meistens eh nicht solo«, fuhr sie fort.

Am Rio dei Santi Apostoli blieb Matilde oben auf der Brücke stehen und studierte die dort angeschlagenen Todesanzeigen. Seit ihr Opa vor zwei Jahren gestorben war, tat sie das jedes Mal. Ich schlang meinen Arm um ihre Hüfte und knuddelte sie tröstend. Meine Großeltern lebten noch und ich mochte mir nicht vorstellen, wie es sein würde, wenn sie eines Tages nicht mehr da sein würden.

»Stimmt«, murmelte ich, dann erzählte ich Matilde

von Superwoman mit den ultralangen blonden Haaren aus seinem Comic.

»Das beweist ja noch gar nichts.«

Sie hüpfte die Stufen hinab; ich musste erst einen Karrenträger vorbeilassen, der es eilig hatte. Kurz darauf holte ich sie wieder ein.

»Weißt du, was ich glaube?« Ich schob mir das letzte bisschen Waffel in den Mund und fuhr kauend fort: »Er war einfach nur nett zu mir. Wir waren Schicksalsgenossen in einer Extremsituation, mehr nicht. Sonst hätte er mir doch seine Nummer aufgeschrieben, seine Adresse, irgendwas.«

Immerhin hatte Mama ja vielleicht Stefanos Visitenkarte. Falls ich denn auf die verwegene Idee kommen würde, seinen Sohn zu kontaktieren.

»Okay, überzeugt.«

»Echt?«

Matilde nickte übertrieben, im nächsten Augenblick drang eine Lachsalve an mein Ohr. »Nein, natürlich nicht! Aber du lässt dich ja sowieso nicht von deinem Standpunkt abbringen. Und das ist okay so.«

Weiter ging es im Slalom durch die verstopfte Hauptader der Stadt. Wir umschifften Leute, die im Pulk stehen geblieben waren, liefen Brücken treppauf, treppab und immer wieder wanderten meine Gedanken zu Fabio. Warum hatte er mich im Taxi nur so angesehen? Auf diese ganz besondere Art? Als habe er mir sagen wollen: Da ist was zwischen uns, etwas, das über reine Sympathie hinausgeht. Aber falls dem so war, warum hatte er mir nicht seine Telefonnummer zugesteckt? Und warum war ich selbst zu feige gewesen, die Initiative zu ergreifen?

Sonst war ich doch auch nicht so zurückhaltend, wenn ich jemanden nett oder ein bisschen mehr als nett fand.

Die Chance war vertan. Und ich kam mir blöd vor, dies vor meiner Cousine zuzugeben.

Auf dem Campo San Bartolomeo blickte sich Matilde suchend um – ein paar Jugendliche lungerten am Goldoni-Denkmal herum-, aber da keiner ihrer Freunde dabei war, liefen wir weiter zur Rialtobrücke.

Egal, wie voll es dort war, die älteste Brücke Venedigs gehörte für mich, genauso wie der Markusplatz, zum Pflichtprogramm. Wir trödelten die Stufen entlang der Geschäfte hinauf, warfen mal hier, mal da einen flüchtigen Blick in ein Schaufenster. Auf dem höchsten Punkt der Brücke, wo das Gewusel am größten war, blieben wir stehen. Touristen aus aller Welt drängelten sich an den Balustraden zu beiden Seiten des Kanals, manche fotografierten sich mithilfe von Selfie-Sticks, andere lichteten sich gegenseitig mit ihren Handys ab.

Wir warteten ein paar Minuten ab, dann schlüpften wir in eine Lücke am steinernen Geländer und schauten in süd-westlicher Richtung über den Canal Grande.

Ich liebte dieses Panorama. Der schilfgrüne Kanal neigte sich in einer sanften Rechtskurve, Motorboote und Vaporetti fuhren in einer kompliziert erscheinenden Choreografie darauf umher. Mein Blick ging automatisch zu der kleinen Gondelstation auf der rechten Seite. Ob Fabios Vater dort unten vielleicht mit seiner Gondel stand?

»Selfie-Time«, sagte Matilde und zückte ihr Smartphone.

Wie reckten das Kinn in die Höhe und grinsten so blöd, wie wir nur konnten, in die Kamera, als jemand nach

Matilde rief. Ein Junge mit halblangen roten Haaren und braunen Augen schob sich durch die Menschenmenge und begrüßte meine Cousine mit einem Wortschwall auf Italienisch. Ich stand ungelenk daneben und versuchte zu verstehen, was er plapperte. Doch das war, weil er so schnell sprach, ein Ding der Unmöglichkeit.

»Meine Cousine Ella«, sagte Matilde in einer Atempause auf Englisch. »Und das ist Massimo. Wir gehen auf dieselbe Schule.«

»Ciao, Massimo.« Aus purer Höflichkeit stotterte ich ein paar Brocken auf Italienisch.

Massimo machte mir ein Kompliment, weil ich angeblich fantastisch Italienisch sprach, aber das war maßlos übertrieben. So war ich froh, als die beiden die Unterhaltung mir zuliebe auf Englisch fortsetzten.

»Kommt ihr mit rüber auf die andere Seite?«, fragte Massimo. Er zeigte in Richtung Fischmarkt. »Ich treffe dort gleich ein paar Freunde. Ein bisschen was trinken und quatschen. Ich lade euch auch ein!«

Matilde blickte auf ihr Handy, dann schüttelte sie den Kopf.

»Geht leider nicht. Ella ist erst heute Morgen angekommen und wir müssen in einer halben Stunde zum Abendessen zu Hause sein.«

Wie auf Knopfdruck verspürte ich ein Hungerloch im Magen. Außer einer Brioche und einem Eis hatte ich heute nichts gegessen.

»Schade.« Massimo lächelte mich an. »Dann morgen oder übermorgen?«

»Gucken wir mal«, erwiderte Matilde. »Ella ist fünf Wochen hier.«

»Oh, wie schön!«

Ich nickte Massimo zu. Es machte mir Spaß, mit Matildes Leuten zusammen zu sein. Die Gespräche verliefen zwar meist oberflächlich – *Toll, du kommst aus München? Ich würde ja so gerne mal aufs Oktoberfest gehen. Du hast doch bestimmt ein Dirndl, oder?* –, doch ich fühlte mich von ihnen auf eine angenehme Art akzeptiert.

Matilde grinste mich an, als wir wieder die Treppenstufen hinabhüpften. »Du stehst bei den Typen hier hoch im Kurs, weißt du das?«

»Ach so?«

Noch nie hatte mir einer von Matildes Freunden ernsthaft Avancen gemacht. Meistens blieb es bei etwas Geplänkel, allenfalls kam es zu einem Flirt, aber das war's dann auch schon.

»Massimo hat dich mit Blicken vernascht und aufgefressen. Ungefähr so.« Matilde riss die Augen auf und schmatzte. Das sah so albern aus, dass ich lachen musste.

»Wenn er das gemacht hätte, wäre ich schreiend davongelaufen!«

»Auf jeden Fall hättest du Chancen bei ihm.«

»Okay, Themawechsel. Wie sieht's eigentlich bei dir aus an der Liebesfront?«

»Zappenduster. Wie immer. Und jetzt noch die Zahnspange.«

»Du sieht so süß damit aus.«

»Süß ist aber nicht gleich sexy.« Matilde seufzte. »Und wer will schon eine Freundin, die ihrem Liebsten auf den Kopf spucken kann?«

»Würdest du das denn wollen?«

Matildes Grinsen erstarb. »Die Größe ist mir doch so

was von egal. Wenn man sich verliebt, verliebt man sich, oder? Und wenn nicht, dann eben nicht.«

Das war ein geradezu philosophischer Satz und mit einem Umweg über den Campo Santi Giovanni e Paolo, wo es nicht ganz zu trubelig wie auf der Strada Nova zuging, machten wir uns auf den Heimweg.

28. Juli, Abend – Hotel *LA BELLA VITA*, Wohnküche

»Auf uns!« Onkel Thomas prostete in die Runde.

Tante Anne, Matilde, meine Mutter und ich nippten an unseren Gläsern. Zur Feier des Tages tranken Matilde und ich ein winziges Gläschen Wein, eine *ombra*, wie es hier in Venedig hieß.

»Auf eure Ferien.« Tante Anne erhob wieder ihr Glas und Biscotto fiepte, als wollte er mit uns anstoßen. Vielleicht bettelte er aber auch nur.

»Danke, dass wir eure Gäste sein dürfen«, sagte Mama.

»Ihr seid doch nicht unsere Gäste«, warf Matilde ein. »Ihr gehört zur Familie.«

»Trotzdem ist es nicht selbstverständlich, dass ihr uns so lange bei euch aufnehmt.«

»Greift zu.«

Mein Onkel ließ die Antipasti-Platte mit gebratenen Auberginen und Zucchini, Artischockenböden und gegrilltem Radicchio, Oliven und Käsestücken herumgehen. Alles schmeckte köstlich und, wenn ich ehrlich war, noch etwas leckerer als im Feinkostladen in München. Vielleicht lag das aber auch nur an der perfekten Urlaubsstimmung.

»Oh nein!«, rief meine Mutter plötzlich aus und sprang auf.

»Was hat sie denn?«, wollte Tante Anne von mir wissen.

»Weiß nicht?« Ich träufelte Olivenöl und Zitrone auf den Artischockenboden, bevor ich mir ein Stückchen in den Mund schob. Dazu etwas frisch gebackenes Brot und ich schwebte auf Wolke sieben.

Es dauerte keine zwei Minuten, da kehrte Mum, die Tasche mit unseren Gastgeschenken unter den Arm geklemmt, zurück. Oh nein! Wie hatte ich nur vergessen können, Matilde meine Mitbringsel zu geben? Und das, obwohl ich schon den ganzen Tag mit der coolen neuen Tasche herumgelaufen war? Das war unverzeihlich. Mit einem entschuldigenden Lächeln reichte ich ihr das Tütchen mit der silbernen Edelweiß-Kette aus einer Münchener Boutique. Die Bücher, die ich für sie besorgt hatte, stapelte ich auf dem Tisch.

»Du sollst doch nicht so viel mitbringen!«, sagte sie und zog die Kette aus der Tüte. »Wow, ist die schön! Danke, Ella!«

Ich half ihr beim Umlegen, sie bewunderte sie vorm Spiegel im Flur, dann stürzte sie sich neugierig auf ihre neuen Bücher. Matilde war eine Leseratte und über Schmöker in deutscher Sprache freute sie sich ganz besonders.

Tante Anne und Onkel Thomas hatten wir wie jedes Jahr Körnerbrot, Pumpernickel und deutsche Pralinen in rauen Mengen mitgebracht.

»Wie lieb von euch!« Meine Tante schnupperte an der Pumpernickel-Verpackung, an der es ja gar nichts zu riechen gab. Und Matilde las sich, während wir weiteraßen, gleich in einem Liebesroman fest.

Bei den Spaghetti mit Garnelen erzählte mein Onkel uns von dem mehrere Tage andauernden Acqua Alta im Juni mit Höchstständen bis zu einem Meter dreiundachtzig. Jeder, der hier lebte, hatte sich damit arrangiert, dass Venedig regelmäßig im Herbst überschwemmt wurde. Dass dies nun häufiger im Sommer geschah, war ein neues Phänomen. Die einen machten den Klimawandel dafür verantwortlich, die anderen die Kreuzfahrtschiffe, für die man tiefe Fahrrinnen in das Sediment der Lagune gegraben hatte.

»Meine Freundin Federica, die mit dem Schuhgeschäft ...« Tante Anne schob einen Olivenkern auf ihrem Teller hin und her. »Sie hat es nicht rechtzeitig in den Laden geschafft. Einen Teil ihrer Ware konnte sie nur noch wegwerfen.«

Das war das Stichwort für Matilde. Sie schimpfte über die korrupten Politiker, die sich das Geld in die eigenen Taschen stopften, statt an ihre Stadt und die wenigen noch verbliebenen Bewohner zu denken, die hier die Stellung hielten. Ich kannte das schon von ihr. Bei politischen Diskussionen geriet sie richtig in Fahrt, sie fuchtelte mit den Händen und bekam rosige Wangen.

»Aber jetzt erzählt doch mal«, hakte Onkel Thomas in einer Atempause ein. Gerade hatte er die Leber serviert und ich nahm mir aus Höflichkeit ein kleines Stück von der Polenta. »Dieser Gondoliere, der mit seinem Sohn bei euch mit im Taxi saß ... Hieß der zufällig Andrea Russo?«

Meine Mutter verneinte und ich spürte, wie mir die Hitze ins Gesicht schoss. Wahrscheinlich sah ich jetzt aus wie Matilde, wenn sie sich über die Politiker aufregte.

»Ich hätte schwören können, dass das Andrea von der Gondelstation bei San Marco war«, fuhr er fort.

Ich merkte, dass Matilde mich musterte. Bevor sie einen Spruch loslassen konnte, stand ich auf und verzog mich unter einem Vorwand auf die Toilette.

Mein Gesicht glühte, als ich einen Blick in den Spiegel warf. Himmel noch mal, was war bloß mit mir los? Ich hatte die Zeit mit Fabio im Taxi genossen, jede Minute ausgekostet. Aber war das ein Grund, dass mein Herz ständig Kapriolen schlug und ich rot wurde? Ich wusch mir das Gesicht, dann kehrte ich in die Wohnküche zurück.

»... hab ich am Busbahnhof doch tatsächlich aus Versehen Stefanos Visitenkarte weggeworfen«, hörte ich meine Mutter sagen. Sie lachte und schlug sich mit der Hand gegen die Stirn. »Schade eigentlich. Ich hätte ihn gern mal für eine Gondelfahrt gebucht. Aber es gibt ja auch noch andere Gondolieri, nicht wahr, Ella?«

Ich nickte gequält. Sie wusste doch, dass ich mir nichts aus dem Gondelgedöns machte.

»Also, falls ihr mögt.« Onkel Thomas rieb sich den Kugelbauch. »Andrea ist ausgesprochen nett und lustig. Er fährt euch bestimmt zum Freundschaftspreis.«

»Ich würde an eurer Stelle ja lieber die Gondoliera unterstützen, die hier um die Ecke arbeitet«, warf Matilde ein. »Es gibt eh kaum Frauen in dem Beruf.«

»Warum eigentlich nicht?«, fragte ich. »Braucht man da so viel Muskelkraft?«

»Das ganz sicher«, sagte mein Onkel. »Aber der Hauptgrund ist, dass die Tradition vom Vater auf den Sohn vererbt wird.«

»Und wieso nicht auf die Tochter?«

Matilde schnaubte. »Weil die venezianischen Machos nicht wollen, dass ihnen Frauen die Jobs wegschnappen. Ganz einfach.«

Während Onkel Thomas die leer gegessenen Teller ineinanderstapelte, musste ich an Fabio denken, dessen Vater so versessen darauf war, dass sein Sohn in seine Fußstapfen trat. Früher hatte ich mir nie Gedanken darüber gemacht, dass nur Männer am Ruder der Gondeln standen. Jetzt sah ich die Sache in einem anderen Licht.

»Also, mich kriegen keine zehn Pferde in eine Gondel.« Ich ließ Biscotto, der mich schon die ganze Zeit bittend und bettelnd ansah, auf meinen Schoß.

Mein Onkel grinste verschmitzt. »Sag bloß, du wirst seekrank?«

Ich verneinte. Ein paarmal hatte ich ein Traghetto genommen, um den Canal Grande zu überqueren. Das war eine Gondel, die von den Venezianern als öffentlicher Fährdienst genutzt wurde. Man stand dicht an dicht, die Fahrt dauerte wenige Minuten und kostete gerade mal zwei Euro.

»Ich mag das nicht so. Mit Horden von Touristen durch die Kanäle schippern.«

»Aber du bist doch selbst eine Touristin.« Tante Anne zwinkerte mir zu.

Ja, aber nicht *so eine*, dachte ich. Keine Ahnung, warum ich auf einmal so übellaunig war. Onkel Thomas und Tante Anne räumten die Teller ab. Matilde stellte einen duftenden Pfirsichkuchen sowie kleine Dessertteller auf den Tisch, doch meine schlechte Stimmung blieb.

Der Grund dafür wurde mir erst später klar. Als ich mitten in der Nacht aufwachte und die Wunde am Schienbein höllisch juckte. Meine Mutter hatte Stefanos Visitenkarte weggeworfen. Das war ungünstig. Weil ich mich jetzt nicht mehr mit Fabio in Verbindung setzen konnte. Wenn ich es denn wollte ... Die einzig mögliche Brücke zwischen ihm und mir war damit abgebrochen.

29. Juli, Morgen – Hotel *LA BELLA VITA*, Matildes Zimmer

Ich schreckte davon hoch, dass mein Smartphone *pling!* machte. Nur eine schrieb mir so früh am Morgen. Rosa. Es war erst kurz nach sieben, Matilde hatte mir den Rücken zugekehrt und atmete gleichmäßig. Zum Glück hatte der Handyton sie nicht geweckt.

Wie ist es so in Venedig?, las ich.

Super, antwortete ich. *Melde mich später. Süße, es ist sooo früh!*

Da ich wusste, dass sie trotzdem gleich wieder zurückschreiben würde, versetzte ich mein Handy in den Flugmodus und streckte mich auf der Matratze aus. Noch eine Runde dösen. Nichts und niemand trieb mich um diese Uhrzeit zur Eile an. Das Fenster war angelehnt, die Rushhour auf dem Kanal nur entfernt und wie durch einen Schalldämpfer zu hören.

Ich schloss die Augen, doch mit jedem Herzschlag, mit jedem Atemzug wurde ich wacher. In meinem Magen grummelte es, als hätte ich eine schwierige Klassenarbeit vor mir. Dabei war das Gegenteil der Fall. Der Sommertag lag wie ein unbeschriebenes Heft vor mir. Ich brauchte später nur vor die Tür zu treten, um es Seite für Seite mit lauter schönen Dingen zu füllen. Ich drehte mich auf der Matratze um, da fiel es mir plötzlich ein: Ich hatte von Fabio geträumt. Erst waberte nur eine undeutliche Wolke heran, nach und nach wurde die Erinnerung klarer: Fabio stand in meinem Klassenzimmer in München und malte Häschen am Flipchart. Im nächsten Moment saßen wir nebeneinander in Matildes Zimmer auf der Matratze und der Boden schwankte unter uns, als befänden wir uns in einer Gondel. Der Geruch von modrigem Wasser vermischte sich mit Fabios Limonen-Rosmarin-Duft und dann hatte ich seine Lippen auf meinen gespürt.

Ich strampelte das Laken von mir und sprang auf. Mein Kreislauf kam nicht ganz hinterher, mir wurde fast schwarz vor Augen und ich stieß mich am Stuhl, der mit Gepolter gegen Matildes Schreibtisch krachte.

»Was tust du da?«, kam es krächzend aus ihrem Bett.

»Nichts, ich ...«

Meine Cousine fischte nach dem Wecker, der auf dem barocken Samthocker am Kopfende stand. »Es ist erst kurz nach sieben. Sag bloß, du willst schon aufstehen?«

»Natürlich nicht.«

»Dann leg dich wieder hin, okay? Und mach keinen Lärm.«

»Kann ich zu dir?«

»Mhm.«

Matilde rutschte zur Seite, als ich zu ihr ins Bett kroch. Sie drehte sich zur Wand und war einen Pulsschlag darauf wieder eingeschlafen. Zur Schnecke gerollt spürte ich dem Traum nach. Es war irgendwie innig und zärtlich zwischen Fabio und mir gewesen, dazu so vertraut, als würden wir uns schon immer kennen. Ich versuchte, mich an weitere Details zu erinnern, doch als hätte jemand ein Vorhängeschloss zur Traumwelt angebracht, blieb ich vor verschlossenen Türen stehen.

***

Matilde wachte kurz vor neun auf. Ich hatte zwei Stunden regungslos dagelegen und dem Herzklopfen nachgespürt, das allein der Gedanke an den Typen mit den sensationell blauen Augen in mir auslöste. Ich konnte es nicht länger auf den Unfall schieben. Ich hatte mich rettungslos verliebt. Und es gab keine Rückspultaste, um den Unfall, die Taxifahrt und unsere etwas unglückliche Verabschiedung am Busbahnhof ungeschehen zu machen.

Matilde streckte die Arme nach oben und dehnte sich, dann schwang sie ihre langen Beine aus dem Bett und riss das Fenster auf. Das Brummen der Motorboote drang zu uns herauf.

»Und?«, fragte sie. »Was steht heute so an?«

»Rumlaufen und fotografieren?«, sagte ich mit morgendlicher Reibeisenstimme.

»Alles okay mit deinem Bein?«

Ich nickte. Die Schmerzen waren verflogen und auch das Pflaster würde ich nach dem Duschen abnehmen.

Matilde reckte den Daumen in die Höhe. »Cool.«

Mit einem Satz war sie an der Tür, dort drehte sie sich um und musterte mich mit schief gelegtem Kopf.

»Was ist?«

»Du siehst irgendwie ... anders aus.«

»Wie anders?«

»Keine Ahnung. Älter?«

»Du meinst, ich sehe älter als gestern aus?« Wahrscheinlich hatte ich wieder Augenringe bis Neapel. Das passierte öfter in letzter Zeit und besonders dann, wenn ich zu kurz geschlafen oder wirr geträumt hatte.

Matilde lachte. »Nein, natürlich. Vielleicht befindest du dich ja auch nur in einem Verpuppungsprozess. Von der Raupe zum Schmetterling.«

»Na, vielen Dank aber auch, Große.«

Matilde huschte hinaus, ihr Lachen hallte über den Flur, kurz darauf hörte ich, wie die Dusche nebenan im Bad anging.

Um mich von meinem Traum abzulenken, räumte ich meine Sachen, die noch auf dem Boden verteilt lagen, in ein leeres Fach im Kleiderschrank. Die Sommerkleider hängte ich auf Bügel, die Matilde für mich frei gemacht hatte. Doch es war egal, was ich tat. Immer wieder drifteten meine Gedanken zu Fabio. Und dann glaubte ich seine Lippen auf meinen zu spüren, ihn zu schmecken, zu riechen und zu fühlen. Es fühlte sich so echt an, als wäre er in der Nacht tatsächlich bei mir gewesen.

Zum Glück kam Matilde kurz darauf mit einem Handtuch-Turban um den Kopf und in ein gestreiftes Badetuch gehüllt zurück. Biscotto schob sich hechelnd an ihr vorbei und schleckte freudig meine Hand.

»Ja, mein Dickerchen, ich hab dich auch lieb«, sagte ich und streichelte ihn ausgiebig.

Wieder spürte ich Matildes forschende Blicke, während sie ein Nichts von einem rosafarbenen Slip aus dem Wäschefach fischte und ihn überstreifte.

»Hast du schlecht geträumt?« Sie grub in der untersten

Schublade herum und zerrte ein Paar ausgewaschene Jeansshorts hervor. »Soll ich die anziehen?«

»Klar, warum nicht?«

Sie schlüpfte in die Shorts, dann nahm sie eine weite Bluse im Hippiestil vom Bügel und stülpte sie sich über den Kopf. Matilde trug keinen BH. Nie. Das hatte sie nicht nötig und ich beneidete sie drum.

»Und? Wie wär's mit einer Antwort?« Als Letztes band sie die Edelweiß-Kette um. Der Anhänger sah toll aus auf ihrer gebräunten Haut.

»Ich hab was Merkwürdiges geträumt.« Ich holte tief Luft, dann stieß ich hervor: »Fabio und ich ... wir haben uns geküsst.«

Matilde fing an zu grinsen.

»Du sagst nichts dazu?«

»Was soll ich denn dazu sagen?« Sie nahm die Mascara aus ihrem Schminktäschchen und tuschte sich die Wimpern. »War doch klar.«

»Was genau war klar?«

»Dass du in ihn verknallt bist. Hab ich recht oder hab ich recht?«

Sie grinste noch breiter, als ich ihr schicksalsergeben zunickte.

Ich ging rüber ins Bad, und während ich die Dusche anstellte, wusste ich plötzlich, was zu tun war. Ich musste Fabio im Labyrinth Venedig aufspüren. Ich musste herausfinden, was das zwischen uns im Taxi gewesen war. Und ob er genauso fühlte wie ich.

29. Juli, später Vormittag – Hotel *LA BELLA VITA*, Frühstücksraum

Matilde war Feuer und Flamme. Natürlich würde sie mir bei der Suche helfen. Mein Liebesglück sei ihr enorm wichtig. Aber sie wolle das Ganze mit System angehen.

Energischen Schrittes lief sie, einen Block unter den Arm geklemmt, in den Speisesaal. Da der Großteil der Hotelgäste schon gefrühstückt hatte und Tante Anne mit ihrer Angestellten Gaia in der Küche herumwerkelte, durften wir hier essen. Nur ein Pärchen saß vor leeren Tellern und schaute sich tief in die Augen.

Matilde bereitete Cappuccino für uns zu, dann bedienten wir uns am Büfett. Ich nahm mir vom Rührei, lud jede Menge frisches Obst auf den Teller, dazu genehmigte ich mir ein Stück von Tante Annes sensationellem Pfirsichkuchen, der vom Abendessen übrig geblieben war. Kuchen zum Frühstück – so etwas gab es für mich nur in den Ferien in Italien.

»Und er hat dir wirklich nicht verraten, wo er wohnt?« Matilde tunkte die Brioche in den Kaffee, bevor sie davon abbiss. Es war nicht das erste Mal, dass sie mir diese Frage stellte und wieder konnte ich sie bloß verneinen.

»Vielleicht ist ihm ja so was rausgerutscht wie: Papà kauft die Weintrauben immer am Gemüseboot am

Campo San Barnaba. Oder: Zur Vaporetto-Station Guglie sind es nur fünf Minuten.«

»Nein! Echt nicht.«

Matilde pulte ein Stück Brioche aus ihrer Zahnspange. »Aber er weiß, dass du im Hotel untergebracht bist, oder?«

»Ja, kann sein.«

»Und dass es in Cannaregio liegt?«

»Keine Ahnung. Wir haben über so vieles geredet, da hab ich mir nicht jedes Detail gemerkt. Vielleicht hab ich's gesagt, ja. Vielleicht aber auch nicht.«

Eine Weile frühstückten wir schweigend. Meine Cousine futterte immer sehr viel und sehr schnell. Ihr Teller war schon leer, als ich gerade erst mein Rührei aufgegessen hatte.

»Überleg noch mal«, sagte sie und ging ein zweites Mal zum Büfett.

Was konnte ich Matilde erzählen, das uns weiterhalf? Immer wenn ich mich an die Stunden im Taxi zurückerinnerte, roch ich Fabios Duft, spürte die Wärme seines Oberarms und sah sein geheimnisvolles Lächeln vor mir. Im Traum hatte er wunderbar geküsst, und allein bei dem Gedanken daran hämmerten Elektro-Beats in meinem Brustkorb.

»Er hat irre Locken und trägt manchmal einen Dutt«, sagte ich, als Matilde mit einem Nachschlag zurückkam.

»Ist mir nicht entgangen. Weiter?«

»Er hat mal einen Zeichenkurs belegt. Also, hier in Venedig.«

»Matildes Mundwinkel klappten nach unten. »Bringt uns nichts. Das wäre nur interessant, wenn er gerade an einem Ferienkurs teilnimmt und wir ihn vor der Schule abfangen könnten.«

»Er mag Vivaldi.«

»Oh, er steht auf klassische Musik?« Matilde, die seit ihrer Kindheit Geigenunterricht nahm, lächelte selig. »Spielt er auch ein Instrument?«

»Davon hat er nichts gesagt.« Ich erzählte ihr, dass wir uns im Taxi über seine Ohrhörer Vivaldi angehört hatten.

»Wow, wie romantisch!« Sie seufzte. »So was sollte mir mal passieren. Ein Typ, der größer ist als ich und klassische Musik liebt. Ich wäre hin und weg.«

Ich war auch hin und weg gewesen, keine Frage.

»Vivaldi hat so viele Spuren in Venedig hinterlassen«, fing Matilde an zu dozieren. »Er hat als Lehrer für Violoncello und Violine am Ospedale della Pietà gearbeitet. Das war damals ein Waisenhaus für Mädchen.« Sie notierte *Ospedale della Pietà*, schüttelte aber gleich darauf den Kopf und strich es wieder durch. »Unwahrscheinlich, dass er dort rumläuft. Warum sollte er auch?«

Ich nickte. Nein, das ergab keinen Sinn. Aber sie hatte ja jedes noch so winzige Detail wissen wollen.

»Was sonst?« Sie zog die Stirn kraus. »Hat er dir verraten, wo er sich so rumtreibt? Gibt es Lieblingsplätze? Wo trifft er sich mit seinen Freunden? Wohin geht er abends?«

Alles berechtigte Fragen, nur konnte ich dazu leider nichts sagen. Fabio hatte zwar ein paar Orte genannt, so wie ich ihm von meiner Lieblingsbank auf dem Campo San Giovanni e Paolo erzählt hatte. Doch um die anderen im Auto nicht zu stören, hatte er geflüstert. Und in der Aufregung hatte mein Hirn bloß die Schwingungen zwischen uns gespeichert und die eine oder andere Info gleich wieder gelöscht.

»Eisdiele *Nico* an den Zattere«, sagte ich. »Hat er, glaube ich, erwähnt. Also, ziemlich sicher sogar.«

Nico kritzelte Matilde aufs Papier. »Gehen wir hin, klar. Hätten wir sowieso gemacht. Sonst noch was? Ist er manchmal auf dem Lido?«

Ich nickte. Zumindest war mir so, als hätte er kurz von der Insel in der Lagune von Venedig gesprochen. Leider fuhren dort Autos und der Strand war nicht der allerschönste, aber man konnte ins Meer hüpfen und sich an heißen Tagen eine kühlere Brise als in den Gassen Venedigs um die Nase wehen lassen.

Lido schrieb Matilde auf den Block. »Weiter?«

»Was ist mit dem Campo San Bartolomeo? Wenn sich dort sowieso alle treffen, wird er ja vielleicht irgendwann aufkreuzen, oder?«

»Mhm, kann sein.« Mit vorgeschobener Unterlippe notierte sie Campo San Bartolomeo. »Kann aber auch nicht sein. Mestre ist im Moment schwer zum Feiern angesagt.«

Mestre war ein auf dem Festland gelegener Stadtteil von Venedig, in den man eigentlich nicht ging, sofern man nicht musste oder zufällig dort lebte. Als Industriestandort galt er als Aschenputtel der ganzen Region.

»Campo Santa Margherita?«, schlug ich vor. Soweit ich wusste, war der Platz ein beliebter Treffpunkt der Studenten.

»Kommen wir sowieso vorbei.«

»Guten Morgen, ihr zwei!«

Meine Mutter flatterte in einem knöchellangen Blumenkleid in den Frühstückssaal. Biscotto hatte sie begleitet, blieb aber brav an der Eingangstür sitzen und fiepte. In den Speisesaal durfte er nicht. Ich bedeutete Matilde mit Augenrollen, den Mund zu halten. Meine Mutter war neugierig hoch zehn, und was wir hier zu besprechen hatten, ging sie nichts an.

Sie war außer Atem und fächerte sich Luft zu, als sie auf uns zutrat.

»Wo kommst du denn jetzt her?«, fragte ich.

»Spaziergang zum Markusplatz. Ich bin in einem großen Bogen über San Polo zurückgelaufen. Herrlich! Es war kaum was los. Schatz, was macht deine Wunde am Schienbein?«

»Alles okay. Ich brauch nicht mal mehr ein Pflaster.«

Das Zugunglück ... Es schien so weit weg zu sein. Dabei war es gerade erst zwei Tage her. Aber zum Glück hatte sich der Schrecken verflüchtigt, nur ab und zu kroch noch ein dumpfes Gefühl in mir hoch.

»Prima.« Sie wandte sich zum Büfett um, wo Gaia schon am Abräumen war.

»Oh, ich muss mich wohl beeilen. Ich hatte unterwegs nur einen Espresso. Darf ich mich kurz zu euch setzen?«

»Mama, wir ...«, hob ich an, während meine Cousine gleichzeitig »Klar doch«, sagte.

»War das falsch?«, fragte Matilde leise, als sich meine Mutter in Windeseile den Teller vollllud.

»Nein, ich dachte nur, wir brechen langsam mal auf. Keine Lust, jetzt ellenlang mit ihr zu quatschen. Nachher will sie noch mitkommen.«

»Okay, verstehe. Wohin willst du als Erstes? Zu *Nico*? Und auf dem Weg dorthin klappern wir die Bars auf dem Campo Santa Margherita ab?«

»Erst mal in meinen Lieblingsschmuckladen.«

»Das hat jetzt aber nichts mit Fabio zu tun.«

Ich grinste. »Nein, aber mit meiner Liebe zu Muranoglas-Schmuck.«

Ich hatte schon eine beeindruckende Sammlung von Kettenanhängern, Ohrsteckern, Ringen und Armbändern, und weil der Schmuck nicht teuer war, kaufte ich mir jedes Jahr etwas dazu.

Meine Mutter kam mit dem Teller zurück, Gaia stellte ihr einen Caffè Americano hin und dann begann Mum zu essen und zu reden. Oder zu reden und zu essen. Über Ausstellungen, die sie keinesfalls verpassen wollte, über das Wetter und über typisch venezianische Dolci. Gelangweilt kritzelte Matilde eine Gondel auf die Rückseite der Notizen. Mamas Blick fiel darauf.

»Witzig.« Sie krauste die Nase. »Ich hab vorhin am

Bacino Orseolo nach Stefano Ausschau gehalten. Dabei weiß ich nicht mal, ob dort seine Gondel liegt.«

In meinem Nacken kribbelte es, gleichzeitig richteten sich die Härchen auf meinen Unterarmen auf. Vielleicht wurde ich auch wieder rot – meine Lieblingskörperreaktion, seit mir Fabio im Zug begegnet war.

Matilde blinzelte mir zu, aber ich tat, als hätte ich es nicht bemerkt.

»Und?«, fragte sie. »War er da?«

Meine Mutter biss kopfschüttelnd ein Stück von dem Zwieback ab, auf den sie Aprikosenkonfitüre gekleckst hatte.

»Es tut mir so leid, dass ich seine Visitenkarte weggeworfen habe«, fuhr sie kauend fort. »Jetzt kann ich ihn nicht mal kontaktieren.«

Mein Herz klopfte. Ja, das war ausgesprochen dumm gelaufen.

»Hattest du denn versprochen, dich bei ihm zu melden?«, wollte Matilde wissen.

»Nein, aber es wäre nur höflich gewesen.«

Sie gab noch einen Klecks Marmelade auf den Zwieback, dann glitt ihr Blick wieder zu mir. »Dir hat Fabio nicht zufällig gesagt, wo sein Vater mit seiner Gondel steht? Oder in welchem Stadtteil sie leben?«

Ich verneinte. Tat so desinteressiert wie möglich.

»Aber ihr habt doch die ganze Zeit miteinander getuschelt.«

Der Zwieback schwebte in der Luft und die Marmelade darauf drohte auf ihr Oberteil zu kleckern.

»Mama, pass auf! Gleich ist deine Bluse dreckig.«

»Oh.« Sie legte den Zwieback auf den Teller zurück.

»Ella und ich wollen gleich mal los«, schaltete sich Matilde wieder ein und lenkte damit zum Glück vom Thema ab. »Wenn du möchtest, halten wir an den Gondelstationen mal die Augen auf.« Sie kniff mich unter dem Tisch. »Können wir doch machen, Ella, oder?«

»Klar.«

»Wollt ihr bei dem Wetter nicht lieber baden gehen?«

»Heute nicht«, erwiderte Matilde und ich sagte, dass ich sowieso fotografieren wolle.

»Wie ihr meint. Anne und ich fahren nach Mestre. Neue Stühle für die Lobby aussuchen.« Meine Mutter nahm ihr Portemonnaie aus der Handtasche und gab mir vierzig Euro. »Geht Pizza essen oder einen Salat oder worauf ihr sonst Lust habt, okay?«

»Danke, Mama«, sagte ich und dachte, wie toll es war, dass sie in den Ferien nie wie eine Klette an mir hing, sondern Matilde und mich unser Ding machen ließ.

29. Juli, Nachmittag – Irgendwo in Venedig

Der Tag war heiß und sonnendurchflutet, der Himmel wölbte sich kornblumenblau über Venedig und ein leichter Wind wehte durch die Gassen. Es war der perfekte Sommertag in der perfekten Kulisse.

Touristen schoben sich durch die Hauptader der Stadt in Richtung Markusplatz, Matilde und ich ließen uns mit ihnen treiben und klapperten nebenher ein paar Gondelstationen entlang des Canal Grande ab. Ohne Erfolg. Das war mir offen gestanden ganz recht. Ich wusste nämlich nicht, ob ich so mutig sein und Stefano nach der Telefonnummer seines Sohnes fragen würde. Vielleicht hatte Fabio sie mir ja extra nicht gegeben und ich brachte ihn damit nur in Verlegenheit.

Wir ließen die Rialtobrücke rechter Hand liegen und schlugen uns ins Gassengewirr rund um San Marco. Hier gab es alles zu kaufen: Maskenkitsch, billige Ledertaschen aus China, Designerklamotten und -schuhe, edle Bettwäsche, Antiquitäten und Souvenirs aus Muranoglas. Nach ein paar Schlenkern fanden wir endlich meinen Lieblingsschmuckladen. Es war schön kühl hier und ich ließ mir Zeit, das ganze Sortiment zu sichten. Matilde wunderte sich nur, wie lange man Ringe auf- und wieder absetzen konnte.

»Grün oder gelb?«, fragte ich.

»Gelb«, sagte Matilde.

»Aber der grüne passt besser zur neuen Tasche. Und zu meinen Augen.«

»Dann nimmst du eben den grünen.«

»Oder beide.«

Matilde stöhnte. »Gut, dann beide, herrje!«

Sie wechselte ein paar Worte mit der Verkäuferin auf Italienisch und am Ende zahlte ich nur acht statt zehn Euro.

»Danke«, sagte ich, als wir das Geschäft verließen.

»Gern geschehen.« Sie grinste mich an. »Für das, was du vorhast, musst du ja hübsch sein.«

Ich zog eine alberne Grimasse und knuffte sie.

Wir schlenderten weiter, bogen einmal links um die Ecke, einmal rechts, und der Markusplatz tat sich vor uns auf. So viele Male war ich schon hier gewesen und doch stockte mir jedes Mal beim Anblick des opulenten Markusdoms und des Dogenpalastes der Atem. Touristen wuselten wie Ameisen durcheinander, Wortfetzen in allen erdenklichen Sprachen wehten zu uns herüber, es wurde gedrängelt und geschubst, posiert und fotografiert. Wie gebannt stand ich da und ließ meinen Blick schweifen. Der Ort hatte etwas Magisches. Etwas, das ich nicht in Worte fassen, aber vielleicht mit meiner Kamera einfangen konnte.

Matilde nahm mich an die Hand und bugsierte mich durch das Getümmel zum Markusbecken, wo die Gondeln nebeneinander im Wasser schaukelten und schmatzend aufschlugen. Die Lagune schimmerte türkisgrün, die vorgelagerte Insel San Giorgio zeichnete sich wie eine Fata Morgana gegen den klarblauen Himmel ab, schräg rechts erhob sich die barocke Kirche Santa Maria della Salute.

Ich schoss ein paar Fotos mit meiner Spiegelreflexkamera, dann liefen wir das kurze Stück zum Gondelservice und schauten uns nach Stefano um. Aber auch hier war niemand zu sehen, der ihm ähnelte.

»Vielleicht hat er ja gerade Kundschaft«, sagte Matilde. »Würde mich wundern, wenn nicht.«

Daran hatte ich auch schon gedacht. Nur mit sehr viel Glück war es überhaupt möglich, ihn irgendwo anzutreffen.

»Ich könnte mal nach ihm fragen«, schlug Matilde vor, während wir die vorerst letzte Gondelstation am Bacino Orseolo ansteuerten. Hier hatte meine Mutter ja bereits am Morgen nach ihm Ausschau gehalten.

»Wie du meinst«, sagte ich.

Je länger wir durch die Hitze spazierten, desto absurder kam mir der Plan vor. Viel lieber wollte ich auf unser normales Ferienprogramm umschalten – Pizza essen, bummeln, irgendwo einen Kaffee trinken – und nicht jede Sekunde daran denken, dass in dieser Traumstadt ein Traumtyp mit Wahnsinnslocken und Wahnsinnsaugen herumspazierte.

Nur wenige Schritte vom Hotel Bauer entfernt lehnten zwei Gondolieri am Brückengeländer. Als wir näher kamen, tschilpte der eine anzüglich, der andere musterte uns von oben bis unten.

»Gondola?«, fragte er.

»Nein, wir wollen nicht Gondel fahren«, erwiderte Matilde auf Italienisch.

»Auch gut«, sagte er und schmatzte Küsse in die Luft.

Es war widerlich, wie sich die beiden Männer, die in etwa im Alter meines Vaters waren, aufführten. Rosa hätte ihnen in ihrer impulsiven Art ganz sicher den Stinkefinger gezeigt.

Rosa, oje! Ich hatte völlig vergessen, mich bei ihr zu melden. Während sich Matilde lässig vor den Kerlen aufbaute und nach Stefano fragte, klickte ich mein Handy auf und schaute, ob Nachrichten eingetrudelt waren. Vielleicht war Fabio ja auf geheimnisvolle Weise an meine Nummer gekommen und hatte mir geschrieben. Aber natürlich war nur Belangloses eingegangen.

Rosa-Süße, es geht mir gut, tippte ich in Windeseile. Und: *Sorry, dass ich dir noch nicht geschrieben habe. Matilde und ich sind den ganzen Tag unterwegs. Ich hoffe, du hast es schön im Allgäu!*

Von Fabio und dem Zugunglück würde ich ihr in aller Ruhe abends im Bett schreiben.

Kaum hatte ich die Nachricht losgeschickt, trat meine Cousine auf mich zu.

»Idioten«, sagte sie. »Angeblich heißen sie beide Stefano. Und sie möchten uns auf einen Spritz einladen.« Matilde verdrehte die Augen. »Ich wusste nicht, dass immer noch so viele Machos rumlaufen.«

Zum Glück ist Fabio nicht so, dachte ich. Niemals. Dazu war er viel zu zurückhaltend.

Matilde hakte sich bei mir unter. »Was essen?«

Das war eine großartige Idee.

Wir stillten den ersten Hunger mit einem Tramezzino und spülten mit einer Limo nach. Weil das Sandwich kaum sättigte, teilten wir an einem Pizzastand ein Stück Margherita auf die Hand und beendeten die Futterorgie mit einem Eis, das wir auf den schattigen Stufen einer Brücke schleckten.

»Matilde, das hier macht doch alles keinen Sinn. Wir suchen gerade die Nadel im Heuhaufen.«

»Seh ich nicht so.« Sie betrachtete ihr Eis von allen Seiten. »Venedig ist ein Dorf. Jedenfalls im Vergleich zu Berlin, Tokio oder New York.«

Ich musste laut lachen, obwohl mir gar nicht danach zumute war. »Ich hab mal gelesen, dass jeden Tag 90000 Touristen herkommen.«

»Trotzdem läuft man sich ständig über den Weg. Glaub mir!«

»Aber man kann sich ebenso gut verpassen.«

Ich fing einen Tropen Eis, der die Waffel hinablief, mit der Zunge auf.

»Im Grunde kenne ich ihn ja auch gar nicht«, fuhr ich mit fester Stimme fort. »Ich meine, kann man überhaupt Gefühle für jemanden haben, den man nicht kennt?«

»Ist das denn nicht meistens so?«

Ich dachte nach. Elias hatte ich schon ein paar Wochen gekannt. Trotzdem hatte es nicht für die ganz große Liebe gereicht. »Vielleicht, keine Ahnung«, sagte ich. »Aber dann lernt man sich besser kennen und stellt fest, dass der andere doch nicht so toll ist, wie man am Anfang geglaubt hat.«

Matilde sah mich mit hochgezogenen Augenbrauen an. »Oder man stellt fest, dass es genau richtig war, auf sein Gefühl zu hören.«

Ich schaute in den Kanal, wo sich die Häuserfassaden

im Wasser spiegelten. Vielleicht hatte meine Cousine recht. Vielleicht konnte das mit Fabio und mir die ganz große Sache werden. Aber solange wir uns nicht zufällig begegneten, war es ohnehin sinnlos, sich Gedanken darüber zu machen.

»Komm, Matilde«, sagte ich und zog mich am Geländer hoch.

»Wo willst du denn hin?«

»Wir genießen jetzt einfach Venedig. So wie immer.

Matildes Zahnspange blitzte beim Grinsen auf, dann reckte sie ihren Daumen in die Luft.

»Außerdem hab ich so mehr Zeit für dich, das ist doch auch schön oder?«

»Schön für mich, schlecht für Fabio.«

Matilde stopfte sich die Eiswaffel in den Mund und stand ebenfalls auf. Es tat gut zu wissen, dass sie an meiner Seite war und wir das Bestmögliche aus den Ferien machen würden.

30. Juli bis 6. August – Überall und nirgends in Venedig

Die Ferientage verstrichen, ohne dass wir Stefano oder Fabio über den Weg liefen. Trotzdem fühlte ich mich energiegeladen, zu allen Schandtaten bereit.

Da Gaia mit einer Sommergrippe im Bett lag, halfen Matilde, meine Mutter und ich jeden Morgen beim Auf- und Abräumen des Büfetts sowie beim Bedienen der Gäste. Das hieß früh aufstehen, aber ich fand es nicht weiter schlimm. Im Gegenteil war ich froh, meinem Onkel und meiner Tante etwas zurückgeben zu können. Matilde verkrümelte sich danach meist für ein, zwei Stunden in ihr Zimmer, um erst Geige zu üben und dann an ihrer Website zu puzzeln. Ich assistierte ihr, indem ich die Taschen optimal in Szene setzte und fotografierte. Mal stellte ich sie auf den roten Samthocker, mal lichtete ich sie draußen am Kanal ab, mal musste Biscotto als Fotomodell herhalten.

Die Nachmittage gehörten uns und unserem Vergnügen. Wir hingen im Eiscafé *Nico* ab und schleckten ein *gianduiotto* – eine Art Nugateis, das es so nur in Venedig gab –, wir trafen Matildes Freundin Beatrice, ein aufgedrehtes Mädchen, dessen Traum es war, Schauspielerin zu werden, oder wir stromerten durch die Läden der Stadt. Mit jedem Tag gelang es mir mehr, mein Ding durchzuziehen. Die Art von Ferien zu verleben, die ich im Sinn gehabt hatte, als ich noch nichts von Fabios Existenz geahnt hatte. Die Art von Ferien, die mir auch für Berlin vorschwebten. Voller Elan legte ich mit meinem Fotoprojekt los. Dabei versuchte ich, die Touristin in mir auszuknipsen und mir die Stadt mit den Augen eines Kindes zu erschließen. Ich suchte das gewöhnliche Motiv, um es durch eine ungewöhnliche Sichtweise, durch den bestmöglichen Bildschnitt, neu zu interpretieren. Matilde fand das spannend und half mir beim Ausspüren von ausgefallenen Orten. Sie erkundete blinde Gassen, die geradewegs in einem Kanal mündeten, lotste mich in modrige Unterführungen unter den Gebäuden sowie auf die Dachterrasse des Fondaco dei Tedeschi, eines Luxuskaufhauses. Die Spiegelreflexkamera vor der Brust, lief ich hinter ihr her und drückte auf den Auslöser, sobald mir etwas Interessantes ins Auge stach. Gondeln, Lieferboote, Brückengeländer, Türknäufe, Schaufensterauslagen, Häuserfassaden. Alles war es wert, fotografiert zu werden. Und ich freute mich darauf, die Aufnahmen irgendwann später meinem Vater zu zeigen, der als Kameramann mehr als ich das künstlerische Auge hatte.

Am frühen Abend gesellten wir uns mal zu Matildes Freunden auf dem Campo San Bartolomeo, mal überquerten wir die Rialtobrücke und grasten die Bars rund um den Fischmarkt ab. Dabei lernte ich jede Menge neue Leute kennen – Beatrices Clique, Massimos Tischtennisgruppe –, doch am Ende der Woche musste ich mir eingestehen, dass Fabio nach wie vor in meinem Kopf herumspukte. Ich sah ihn vor mir, wie sein Zeichenstift übers

Papier schabte. Ich hatte seine leicht raue Stimme im Ohr. Und jedes Mal, wenn ich an ihn dachte, fuhr der Magenfahrstuhl in mir auf und ab. Was mir aber nicht gelang, war, die wilden Locken, die blauen Augen und die leicht abstehenden Ohren zu einem Ganzen zusammenzusetzen. Zu einem Menschen, dem ich mich für ein paar Stunden in meinem Leben sehr nah gefühlt hatte.

Es war Donnerstag – wir hatten uns mit Beatrice, Massimo und ein paar anderen auf dem Campo San Bartolomeo verquatscht –, da klingelte mein Handy. Es war meine Mutter, die wissen wollte, wo wir steckten. In einer Viertelstunde gäbe es Abendessen. Sie sprach so laut, dass Matilde jedes Wort verstehen konnte.

»Sind schon unterwegs«, erwiderte ich. »Aber fangt ruhig an.«

Wir verabschiedeten uns von den anderen, dann trabten wir los. Tante Anne und Onkel Thomas fanden es nicht weiter tragisch, wenn wir uns verspäteten, aber meine Mutter meinte, das sei unhöflich. Und sie hatte recht. Wir wohnten umsonst bei meinem Onkel und meiner Tante und wurden jeden Abend mit mindestens zwei Gängen bekocht.

Am Fondaco dei Tedeschi staute es sich in der Gasse. Eine asiatische Reisegruppe drängte ins Luxuskaufhaus, aber die Türsteher ließen die Leute nur einzeln eintreten.

Matilde schimpfte, immer würden die Touris alles blockieren, im selben Augenblick rempelte mich jemand, und als ich mich umdrehte, sah ich in Fabios meerblaue Augen.

Mein Herz pumpte los.

Ein Ozeanbrecher rollte durch mich hindurch.

Mir wurde schwindelig und ich suchte an meiner neuen Tasche Halt.

»Ciao«, sagte Fabio und ein Hauch von Limette stieg mir in die Nase.

»Ciao«, erwiderte ich und sah zu ihm hoch.

Lächelte er? Oder blitzte Spott hinter seiner undurchsichtigen Miene auf? Oder war es nichts von alldem und er sah mich einfach nur mit neutralem Gesichtsausdruck an? Es fühlte sich vertraut und fremd zugleich an, ihm gegenüberzustehen. Und ich hatte keine Ahnung, welches Gefühl überwog.

»Hi!«

Matilde war aus dem Gewühl aufgetaucht. Sie guckte zwischen Fabio und mir hin und her und hob fragend die Augenbrauen.

»Das ist Fabio«, sagte ich.

Fabio nickte Matilde zu.

»Meine Cousine Matilde.«

Matilde lächelte freundlich und wollte Fabio die Hand reichen, aber der korrigierte den Sitz seiner runden Sonnenbrille im Haar. Matildes Hand zuckte zurück und dann schwiegen wir alle drei.

Vielleicht waren es Sekunden, vielleicht Minuten, mir kam es wie eine halbe Ewigkeit vor. Ein Wiedersehen mit Fabio hatte ich mir anders vorgestellt. Nicht so verdruckst, als hätten wir uns nie zuvor unterhalten. Doch statt an unser Gespräch im Taxi anzuknüpfen, fluteten Sätze mein Hirn, die kein Mensch auf der Welt bei einem ersten Wiedersehen ernsthaft sagen würde.

Hast du Lust, mich zu treffen, Fabio?

Wenn ja, schreib mir deine Nummer auf den Arm.

Oder küss mich. Am besten jetzt sofort.

Ich spürte, wie sich Matildes Finger in meine Seite bohrten. *Na los, hopp!*, schienen sie zu flüstern.

Eine Gruppe Engländer torkelte grölend vorbei und wir drückten uns an die Hauswand.

»Was macht dein Bein?«, hörte ich Fabio sagen. Er klang wie ein stotternder Motor.

»Alles okay. Und bei dir? Was ist mit deiner Wunde?« Ich konnte nichts davon sehen, weil seine Locken darüberfielen.

»Auch wieder in Ordnung.« Der Anflug eines Grinsens ging über sein Gesicht. »Keinen bleibenden Dachschaden behalten.«

Matilde lachte, aber nicht mal dazu war ich in der Lage.

»Hast du den Unfall gut überstanden?«, fuhr er fort.

»Ja, ich ...« *... denke sowieso nur die ganze Zeit an dich*, ergänzte ich in Gedanken.

»Schön. Freut mich.«

Wir sahen uns an – eine Sekunde, zwei, drei – und dann stellte mein Sprachzentrum gänzlich den Betrieb ein. Vorübergehend geschlossen. Versuchen Sie es zu einem späteren Zeitpunkt noch mal. Warum fiel es mir nur so verdammt schwer, mich locker mit diesem Jungen zu unterhalten? Ich scannte seine filigranen Hände, seine abstehenden, zum Anknabbern süßen Ohren und seine Brust, die sich unter dem weißen T-Shirt hob und senkte. Meine Blicke wanderten weiter an ihm hinab, er trug hochgekrempelte Jeans, darunter lugten braun gebrannte Knöchel hervor, die in weißen Sneakers steckten.

Er sah toll aus. Einfach fantastisch.

»Wo ich dich gerade treffe ...«, setzte ich an und versuchte, den Augenkontakt zu halten.

»Ja, witzig, oder?« Er lachte leise. Im nächsten Moment wurden er wieder ernst und es war, als würde ich in seine Augen fallen.

»Also, meine Mutter hat ...«

Bevor ich weitersprechen konnte, trat ein blondes Mädchen in ausgewaschener Jeans-Latzhose – darunter trug sie ein weißes Tanktop – auf uns zu und schlang ihren Arm um Fabio Hüfte. Sie grinste uns erwartungsfroh an, rasselte etwas auf Italienisch runter, das ich nicht verstand, worauf Fabio auf Englisch murmelte: »Das ist Ella.«

Das Mädchen ließ seine Hüfte los.

»Und das ist Sofia«, fuhr er fort.

Alles klar: Superwoman aus dem Comic.

Und sie sah besser aus, als ich es mir hätte vorstellen können. Hüftlange blonde Haare. Perlweißes Lachen. Sonnengebräunte Haut. Cooler Style. Und sie schien auch noch nett zu sein. Richtig nett.

Mein Magen krampfte sich zusammen. Lieber wäre ich Fabio überhaupt nicht begegnet und hätte ihn als verklärtes Bild in einer entfernten Datei in meinem Kopf abgelegt, als jetzt vor ihm und dieser blonden Superwoman von einem Fuß auf den anderen zu treten.

Es war erniedrigend. Erbärmlich und peinlich. Mein Selbstbewusstsein schrumpfte auf die Größe einer Erbse. Bestimmt merkte man mir an, dass ich total neben mir stand. Und sofern Sofia nicht vollkommen unsensibel war, konnte sie auch eins und eins zusammenzählen.

Mädchen hatten Antennen dafür, wenn andere Mädchen auf ihre Freunde abfuhren.

Während Superwoman Matilde in ein Gespräch verwickelte – oder war es umgekehrt? –, nahm Fabio den Faden wieder auf und fragte: »Was ist mit deiner Mutter?«

Ich starrte ihn an.

»Geht's ihr gut?«, hakte er nach. »Ich hoffe, sie hat keine Spätfolgen vom Unfall?«

»Nein, nein, alles okay. Sie kauft mit meiner Tante ... äh ... Stühle für die Hotellobby.«

Oh mein Gott, was faselte ich da bloß? Wen interessierte das denn jetzt? Fabio ganz sicher nicht.

»Und dein Vater?«, sagte ich schnell. »Hat er viel zu tun?«

Fabio zupfte sich am Ohrläppchen. »Klar. Hochsaison. Er ist andauernd unterwegs.«

»Und du? Was machst du so?« Na also, ging doch. Hätte ich das nicht gleich sagen können?

»Ich ... na ja, ich zeichne. Wie immer.«

Fabio war leiser und leiser geworden und ich fragte mich, ob es ihm nicht recht war, in Anwesenheit seiner Freundin mit mir zu reden. Vielleicht hatte sie ihm am Morgen noch Modell gestanden. Und zwischendurch hatten sie geknutscht und ... Nein, den Gedanken wollte ich nicht zu Ende denken.

Beschämt guckte ich auf mein Handy, dann setzte ich ein Lächeln auf und hakte mich bei Matilde unter.

»Wir müssen langsam mal los«, sagte ich. »Sonst kriegen wir zu Hause Ärger.«

Fabio verzog keine Miene, es zuckte mikrokurz um seine Mundwinkel. Sofia und Matilde wechselten ein paar Worte miteinander, dann verabschiedeten wir uns mit den üblichen Floskeln. Ciao. Man sieht sich. Viel Spaß noch. Bis bald.

Kaum waren Matilde und ich ein paar Schritte gegangen, drehte ich mich noch mal nach ihm um, ich konnte einfach nicht anders. Ein Rums ging durch meinen Magen, weil auch Fabio mir in dieser Sekunde einen Blick über die Schulter zuwarf. Dabei lächelte er dieses Wahnsinnslächeln, das mir immer den Boden unter den Füßen wegzog, im nächsten Moment waren er und Sofia im Getümmel verschwunden. Meine Cousine und ich liefen in die entgegengesetzte Richtung davon.

Ich beschleunigte den Schritt, wollte raus aus dem Getümmel in der engen Gasse. Auf dem Campo Santo Apostoli steuerte ich eine freie Bank an und ließ mich wie ein Mehlsack darauf fallen. Ich fühlte mich plötzlich so schwach, als wäre ich einen Marathon gelaufen. Dabei hatte ich mich nur auf extrem ungelenke und steife Weise mit Fabio unterhalten. Zwei Tauben kamen angewackelt und ich verscheuchte sie.

»Nett, die beiden.« Matilde fläzte sich neben mich.

»Ja, ganz toll. Worüber hast du denn mit Superwoman geredet?«

Meine Cousine fischte eine Packung Kaugummi aus ihrer Tasche und bot mir eins an, aber ich lehnte ab.

»Nichts Besonderes. Nur Small Talk.«

»Und was genau?« Small Talk konnte alles und nichts bedeuten.

»Ich hab sie gefragt, wo sie die coole Latzhose herhat, und sie wollte wissen, wo ich meine Sneakers gekauft habe. So was eben. Mädchenkram. Dann sind wir auf die vielen Touristen zu sprechen gekommen und ich hab ihr vom Hotel meiner Eltern erzählt. Ist doch kein Geheimnis, oder?«

Ich verneinte und schaute auf meine blassen Beine. Die Wunde leuchtete immer noch dunkelrot.

»Fabio hat dich die ganze Zeit angestarrt«, fuhr Matilde fort.

»Ist das nicht normal, wenn man miteinander redet?«

»Aber er hat dich auf diese ganz besondere Art angeguckt.«

»Wie denn?«

»Er hat dich ... keine Ahnung ... irgendwie mit seinen Blicken verschlungen.«

Ja, das hatte ich auch schon bemerkt. Aber ich war mir nie sicher, ob es etwas zu bedeuten hatte. Oder ob er einfach immer so schaute.

»Wieso ist dir das überhaupt aufgefallen? Du hast dich doch angeregt mit Superwoman unterhalten.«

»Ich hab Sofia extra abgelenkt! Damit du Zeit hast, ihn nach seiner Nummer zu fragen.«

»Ich konnte nicht, Matilde. Es ging einfach nicht!« Ich seufzte leise. »Seine Freundin stand direkt daneben.«

»Hm«, machte Matilde und korrigierte den Sitz ihres Haargummis. »Für mich sahen die beiden irgendwie nicht nach einem Liebespaar aus.«

»Weil sie sich nicht ständig angefasst haben?«

Matilde lachte leise. »Noch mal zum Mitschreiben, Ella: Er hat *dich* angeschmachtet, nicht *sie*.«

»Ich will mir nur keine falschen Hoffnungen machen. Dann bin ich am Ende bloß doppelt enttäuscht.«

»Klar, das versteh ich ja.« Meine Cousine tätschelte

meine Schulter. »Hast du denn den Auftrag für deine Mutter erledigt?«

Ich schüttelte mit dem Kopf.

»Ella! Sie hat dich extra darum gebeten.«

»Ja, ich weiß«, entgegnete ich kleinlaut. »Bitte sag's ihr nicht.«

»Natürlich nicht. Aber die Wahrscheinlichkeit, dass wir Fabio morgen gleich wieder über den Weg laufen, ist nicht besonders groß. Nur für den Fall, dass du es dir anders überlegst.«

Ich schluckte gegen einen Kloß im Hals an. Ganz bestimmt würden wir ihn nicht noch einmal zufällig treffen. Ich hatte es doch gleich gesagt.

Eine alte Frau humpelte auf die Bank zu und wir machten ihr Platz.

»Mann, Mann, dich hat es aber ziemlich erwischt«, sagte Matilde, als wir weiterliefen.

»Weil ich zu feige war, ihn nach seiner Nummer zu fragen?«

Sie nickte. »Weißt du, was ich glaube?«

»Nein?«

»Das war reiner Selbstschutz. Wenn du seine Nummer nicht hast, musst du dich nicht mit der Frage herumplagen, rufe ich ihn an oder nicht.«

Egal, was mein Unterbewusstsein mir zugflüstert hatte oder auch nicht – dieses Wirrwarr der Gefühle hatte wie eine Achterbahn Fahrt aufgenommen und ich steckte mittendrin.

6. August, Abend – Hotel *LA BELLA VITA*, Brücke in Cannaregio

Meine Mutter, Onkel Thomas und Tante Anne waren schon beim Espresso, als Matilde und ich zu Hause eintrudelten. Niemand kommentierte unser Zuspätkommen. Die drei sagten knapp Hallo und knusperten weiter Kekse, die meine Tante gebacken hatte. Nur Biscotto wollte sich vor lauter Freude kaum einkriegen. Er sprang hechelnd an uns hoch und schleckte unsere Waden ab. Matilde und ich wuschen uns rasch die Hände, dann wärmten wir die venezianische Pasta mit gedünsteten Zwiebeln in der Pfanne auf. Den zweiten Gang – gegrillte Calamari mit Radicchio – schob Matilde in die Mikrowelle.

Während wir aßen, fragte Tante Anne uns nach unserem Tag aus. Anders als meine Mutter, die ziemlich säuerlich guckte, klang sie kein bisschen vorwurfsvoll. Wir erzählten, wo wir überall nach Stefano gesucht hatten, bloß die Begegnung mit Fabio erwähnten wir mit keinem Wort. Ich rechnete es Matilde hoch an, dass sie dichthielt. Denn je länger ich darüber nachdachte, desto weniger wollte ich, dass meine Mutter etwas von meinem Gefühlschaos mitbekam.

Nach dem Abendessen schnappten Matilde und ich uns Biscotto, um mit ihm Gassi zu gehen. Sobald die Sonne in der Lagune versunken war, kam Leben in den Hund. Er schnüffelte überall, hoppelte, so schnell er das mit seinem Mopsgewicht schaffte, die Stufen der Brücken hinauf und begrüßte schnaufend seine Kollegen.

Im ehemaligen jüdischen Ghetto spazierten wir ein paarmal im Kreis – Biscotto liebte diesen Platz wegen der Bäume –, dann kehrten wir auch schon wieder um. Auf der schmiedeeisernen Brücke, die aus dem Ghetto hinausführte, wurden Matildes Schritte langsamer und wie immer blieben wir einen Moment stehen. Über das Geländer gelehnt, schaute ich ins dunkle Wasser mit seinen vielfältigen Spiegelungen und lauschte dem Summen, das aus den am Kanal gelegenen Bars herüberwehte. Ich musste an Fabio denken. Daran, dass ich mir die große Chance durch die Lappen hatte gehen lassen. Aber wie hätte ich es denn auch anstellen sollen? Ohne dass es peinlich geworden wäre? Für mich. Oder auch für ihn.

»Und?«, fragte Matilde. »Was willst du morgen machen?«

»Weiß nicht.«

Bisher hatte ich keinen Gedanken daran verschwendet, jetzt kam mir schlagartig zu Bewusstsein, dass die Ferien von nun an andere sein würden. Ich würde fotografieren, wie immer mit viel Spaß, aber dieser besondere Kitzel, den ich die letzten Tage verspürt hatte, würde vielleicht nicht mehr da sein.

»Auf dem Lido baden gehen?«

»Ja, von mir aus«, murmelte ich.

Vorletzte Ostern hatten mein Vater und ich die Ferien auf dem Lido verbracht. Nur wir zwei. Auf langen Spaziergängen hatte Papa mir von seinen Filmprojekten erzählt, ich ihm von der Schule und vom Fotografieren, und irgendwie hatte es sich gar nicht angefühlt, als wären wir Vater und Tochter, sondern vielmehr gute Freunde.

»Woran denkst du?«, fragte Matilde.

»An meinen Vater.«

Ich erzählte Matilde, dass ich in der letzten freien Woche schrecklich gern nach Berlin gefahren wäre, doch Mum aus irgendwelchen Gründen einen Riegel davorgeschoben hatte.

»Was denn für Gründe?«

»Wir sind bei euch zu Besuch. Reicht das nicht?«

»Natürlich fände ich es schade, wenn du nicht bis zur letzten Minute bleiben würdest. Aber ich würde es auch verstehen.« Matilde klaubte einen Fussel von ihrem Shirt. »Mein Daddy kann ziemlich nerven, aber wenn ich mir vorstelle, ich dürfte ihn monatelang nicht sehen ...«

Unten im Kanal tuckerte ein Boot vorbei. Als es vorüber war, sagte ich: »Du könntest doch mal mit mir nach Berlin kommen.«

»Oh ja, das wäre so cool!« Matilde seufzte. »Ich fürchte nur, meine Eltern lassen mich nicht allein hinfahren. Sie kriegen ja schon Panik, wenn ich mal einen Abend nach Mestre will.«

»Ich wäre doch bei dir. Und von Venedig aus gibt es Direktflüge.«

Matilde nickte dem Brückengeländer zu, dann grinste sie mich an. »Vielleicht sind die Berliner ja nicht so spießig wie die Venezianer. Es könnte mir ja mal einer über den Weg laufen, der eine Bohnenstange wie mich zufällig toll findet.«

Biscotto zerrte an der Leine und wir setzten unseren

Weg fort. »Du kennst so viele Leute«, sagte ich. »Ist denn niemand dabei, der dir gefällt?«

Matilde zuckte mit den Schultern. »Die meisten sind einfach nur gute Freunde. Und wenn ich doch mal jemanden ganz süß finde, steht der garantiert nicht auf mich.«

Ich musste lachen. »Übertreibst du jetzt nicht?«

»Wie würdest du es denn nennen, wenn sich einer mit dir unterhält und dabei eine andere anguckt?«

»Unhöflich.«

»Eben.«

»Was ist mit Online-Dating?«, fragte ich.

»Bloß nicht!«

»Aber du willst dich schon verlieben, oder?«

»Klar, wer will das nicht?«

Es war mir ein absolutes Rätsel, warum die Verehrer bei Matilde nicht Schlange standen. Ich kannte kaum ein Mädchen, das so schön war wie sie, dazu hatte sie eine ausgesprochen offene und herzliche Art.

Ich nahm ihre Hand, drückte sie und schickte den Wunsch ins Universum, dass sie das bald alles erleben durfte: Herzflattern, große Gefühle, eben diese verrückte Sache, die man Liebe nannte.

7. August, Vormittag – Hotel ***LA BELLA VITA***, in den Gassen von Venedig

Die Rucksäcke mit unseren Badesachen geschultert, waren Matilde und ich schon halb aus der Tür, als die Empfangschefin Carla nach mir rief.

»Was gibt's?«, sagte ich stockend auf Italienisch. Manchmal übte ich mit Carla ein paar Brocken Italienisch. Sie hatte früher als Lehrerin gearbeitet und sah es als ihre Aufgabe an, mich zu motivieren.

»Das hier ist für dich abgegeben worden.«

Sie reichte mir einen Brief und ich nahm ihn verdutzt an mich. *Für Ella* stand in ungelenken, leicht nach links kippenden Druckbuchstaben auf dem Umschlag.

»Von wem ist das?«

»Ich weiß es nicht«, sagte Carla. »Ich war nur kurz hinten, da lag er auf dem Tresen.

Matilde schnappte mir den Umschlag aus der Hand und betrachtete ihn von allen Seiten. »Kein Absender, merkwürdig. Soll ich ihn aufmachen?«

»Untersteh dich!«

Ich stieß die Tür auf, lief vor zum Kanal, dort riss ich den Umschlag auf.

Liebe Ella, las ich. *Komm um 12 Uhr zum Campo San Vio am Canal Grande.*

Campo San Vio. Mein Herz schlug wie ein wild, als

ich Matilde den Zettel hinhielt. Jetzt fiel es mir wieder ein! Fabio hatte mir im Taxi erzählt, dass er dort als Kind gemalt und seine Süßigkeiten versteckt hatte. Aus Angst, sein Freund könnte sie ihm wegessen, hatte er sie mit Tesa unter der Bank festgeklebt.

»Fabio?«, sagte Matilde. »Meinst du, er war das?«

»Keine Ahnung.«

Ich erzählte ihr von der Anekdote, die er im Taxi erwähnt hatte, und ein Grinsen erhellte ihr Gesicht.

»Dann ist ja alles klar.«

»Gar nichts ist klar.« Mein Herzschlag war immer noch außer Rand und Band.

»Oh doch. Er will mit dir Kontakt aufnehmen.«

Ich gab einen ächzenden Laut von mir. »Das hätte er auch einfacher haben können. Indem er zum Beispiel hier auf mich gewartet hätte, oder?«

Matilde gab mir zwar recht, fand den Brief aber auch irgendwie spannend und originell und wollte der Sache auf den Grund gehen. Vielleicht wäre es Fabio peinlich gewesen, mich hier zu überfallen, und er hatte deshalb die Nachricht geschrieben. So konnte ich entscheiden, ob ich kommen würde oder nicht.

»Und warum hat er mich nicht gestern angesprochen? Als du mit Sofia geredet hast?«

»Weil er zu überrumpelt war und sich erst im Nachhinein gedacht hat: Mist, Chance verpasst. Genau wie du.«

Mein Mund fühlte sich wie ausgedörrt an und beim Schlucken spürte ich einen Kloß.

»Also. Kommst du?«

»Aber was ist mit Badengehen?«, fragte ich.

»Können wir später immer noch machen. Das Meer fließt ja nicht davon.«

Weil ich immer noch wie eingefroren dastand, hakte Matilde sich bei mir unter und wir marschierten los. Mir blieb nichts anderes übrig, als neben ihr herzustolpern.

Es stimmte. Die Sache mit dem Zettel war spannend und originell. Und aufregend, das sowieso. Das Beste, was passieren konnte, war, dass Fabio auf der Bank saß und auf mich wartete. Schlimmstenfalls saß er nicht dort, und dann hatte ich nur einen Spaziergang durch Venedig investiert. Das war zu verkraften.

»Wo genau ist der Platz überhaupt?«, fragte ich Matilde, als sie mit langen Schritten den Campo del Ghetto Nuovo überquerte.

»In der Nähe der Accademia-Brücke.«

»Aber das ist ja einmal quer durch die Stadt!«

»Willst du lieber das Vaporetto nehmen? Dann sind wir schneller da.«

»Nein, nein, schon okay«, wiegelte ich ab.

Was ich Matilde nicht sagte: Ich brauchte Zeit. Zeit, um mich darauf einzustellen, ihn womöglich heute schon wiederzusehen. Damit es mir nicht wieder die Sprache verschlug, wenn ich ihm erst gegenüberstand.

Diesmal liefen wir in die andere Richtung zum Bahnhof. Dort überquerten wir die große Brücke, dann ging es im Zickzackkurs durch die verwinkelten Gassen. Zum Glück bewegte sich meine Cousine mit schlafwandlerischer Sicherheit durch die Stadt; meine Orientierung war nach wie vor hundsmiserabel. Matilde lachte bloß, wenn ich verwirrt stehen blieb und sie fragte, in welcher Himmelsrichtung sich der Markusplatz, Rialto, die Ponte dell'Accademia oder der Busbahnhof befand. Früher sei ihr das ganz genauso ergangen. Doch auch heute noch, das gab sie unumwunden zu, geriet sie manchmal in eine blinde Gasse oder eine Unterführung, wo sie nicht weiterwusste und ihre App anwerfen musste.

Ich schoss unterwegs einige Fotos, merkte aber, dass ich gar nicht richtig bei der Sache war und es nur tat, um meine Nervosität in den Griff zu kriegen.

Wir waren fast am Ziel, als ich am Campo San Barnaba ein Gemüseboot entdeckte und mich mit der Handykamera im Anschlag langsam näherte. Was für geniale Motive, die wollte ich mir auf keinen Fall entgehen lassen.

»Darf ich ein paar Aufnahmen machen?«, fragte ich den Verkäufer in gebrochenem Italienisch.

»Sì, certo!«

Er zuckte mit den Schultern, wohl weil er nicht nachvollziehen konnte, dass eine Touristin so etwas Stinknormales wie Obst und Gemüse fotografieren wollte. Aber das war es nicht. In dem Boot stapelten sich länglicher Radicchio, runde, zart gemaserte Auberginen, Aprikosen mit roten Bäckchen und dunkelrote Kirschen, die mich anzulachen schienen. Ich legte los. Meine Hände zitterten, mein Herz stolperte und mein Mund war staubtrocken. Was sollte ich ihm nur sagen, falls er tatsächlich dort war? *Fabio, ich bin verliebt in dich. Möchtest du mit mir zusammen bis ans Ende der Welt gehen?* Das war absurd! Es gab keine Worte für das, was ich fühlte.

Matilde trommelte auf ihr Handgelenk, als befände sich dort eine Armbanduhr. »Jetzt beeil dich mal. Sonst ist er gleich weg.«

Ich steckte mein Handy wieder weg. Matilde griff nach

meiner Hand. Das war wie eine klare Ansage: Ausbüxen zwecklos. Dummerweise wurde mir immer heißer, und als wir einige Minuten später den kleinen Platz am Canal Grande erreichten, ließ Matilde meine schwitzige Hand wieder los.

»Er ist nicht da«, stellte sie fest. Sie sah ein bisschen enttäuscht aus. Fast so, als wäre ihr eigenes Date geplatzt.

Ich sagte nichts, spürte dem dumpfen Gefühl in meinem Magen nach.

Matilde schaute auf ihre Handy-Uhr. »Fünf nach. Bestimmt ist er abgehauen. Weil du erst das Gemüse fotografieren musstest.«

»Quatsch. Er war gar nicht hier.«

Ich schluckte einen Kloß der Enttäuschung hinunter. Aber was hatte ich denn auch erwartet? Dass Fabio mit einem Strauß roter Rosen dastand, vor mir auf die Knie ging und mir seine Gefühle gestand?

»Tut mir leid, Kleine.«

»Schon okay«, erwiderte ich tapfer. »Wir machen uns einfach einen schönen Tag.«

»Sowieso!« Matilde knuffte mich sanft.

Die Bank am Kanal war frei und wir setzten uns hin. Ich war erschöpft, durstig, einfach nur fix und fertig. An meiner mitgebrachten Wasserflasche nippend schaute ich auf den Canal Grande. Vaporetti, in denen die Menschen dicht an dicht standen, glitten vorüber, ein Kind winkte uns zu, und bevor ich meinen Verstand einschalten konnte, schob ich meine Hand unter die Bank.

Matilde grinste mich von der Seite an. »Was machst du da? Denkst du, Fabio hat dort wieder Süßigkeiten versteckt?«

»Nein, natürlich nicht.«

Vielleicht ja doch, schoss es mir durch den Kopf.

Meine Finger wanderten weiter und ich ertastete etwas Kugelförmiges. Tatsächlich! Das Herz schlug mir bis zum Hals, als ich von der Bank rutschte, mich davor hinkniete und unter die Holzplanken lugte. Neben einem Kaugummi klebte ein pinkfarbenes Knäuel. Oder war es eine Kugel?

»Bist du jetzt komplett verrückt geworden?«, hörte ich Matilde sagen.

»Ja, schon möglich«, erwiderte ich und löste das Ding, das mit Klebeband befestigt war.

Ich kroch unter der Bank hervor, meine Wangen glühten.

»Ähm?«, machte Matilde. »Was ist das?«

»Kann ich hellsehen?«

Ich setzte mich nur mit halber Pobacke hin und schaute auf das pinkfarbene Etwas in meiner Hand. Das Papier war in gutem Zustand, nicht so, als würde es hier schon monatelang pappen, immer wieder von Regenschauern durchnässt und getrocknet.

»Steht da was?« Matilde beugte sich vor, wie ein Raubtier, jederzeit zum Sprung bereit.

Ich drehte und wendete das kleine Päckchen. »Nein, nichts.«

»Dann mach es auf.«

»Und wenn es gar nicht für mich ist?«

»Das würde mich wundern.«

Vorsichtig schabte ich mit dem Fingernagel das Klebeband ab, dann faltete ich das Papier auseinander. Eine silbrige Süßigkeit fiel mir in den Schoß: Es war eine *Baci-*

Praline. Hundertfach hatte ich die Leckerei bei Matilde genascht. Die ganze Familie liebte die süßen *Küsse* mit der von Schokolade umhüllten Nuss auf der Spitze.

»Oh mein Gott, wie niedlich ist das denn?«, quietschte sie. »Ich schmelze dahin.«

»Nicht nur du«, sagte ich. Die Schokolade war in der Sonne ziemlich weich geworden. Ich legte die Süßigkeit neben mich auf die Bank, glättete das zerknitterte Papier, dann las ich:

Liebe Ella, komm an 13 Uhr in die Gelateria Nico, Fondamenta Zattere.

Im Sekundenbruchteil wälzte sich ein Strom Lava durch meinen Körper. Die Praline unter der Bank. Die Zettel. Es konnte nur Fabio dahinterstecken. Wer auch sonst?

Matilde nahm mir den Zettel aus der Hand. Ihre Augenbrauen führten einen Tanz auf, während sie den kurzen Text überflog.

»Eine Schnitzeljagd? Wie romantisch!«

Ich nickte. Und lächelte selig in mich hinein. In den Synapsen meines Hirns war ein Feuerwerk losgegangen und mein Herz flatterte rekordverdächtig.

Ich nahm Matilde den Zettel wieder weg und las den Text ein zweites Mal. »Warum steht da *an 13 Uhr* und nicht *um 13 Uhr*? Fabio spricht doch fehlerfreies Deutsch.«

»Er hat sich halt verschrieben. Kommt vor.«

»Und jetzt?«, fragte ich.

»Auf zu *Nico*! Was sonst?«

Und dann machten wir uns auf den Weg.

7. August, Mittag – Fondamenta delle Zattere

Wir waren etwas zu früh, und im Sichtschutz der Gasse scannte ich das Eiscafé. Ein paar wenige Tische gruppierten sich im Eingangsbereich, der Großteil der Touristen saß auf dem Panton mit Blick auf die gegenübergelegene Insel Giudecca. Das Wasser flirrte in der Sonne, darüber wölbte sich der Himmel milchig blau.

Matilde schlug vor, am Eingang des Cafés auf Fabio zu warten, doch ich blieb lieber auf Distanz.

»Aber wenn er gleich auftaucht, gehe ich allein, okay?«

»Logisch. Oder glaubst du, ich bin scharf drauf, deine Gouvernante zu spielen?«

Meine Cousine wuschelte mir durch die Haare, was ich auf den Tod nicht ausstehen konnte. Und kurz vor einem Date schon mal gar nicht. Bestimmt sah ich jetzt total derangiert aus.

»Weißt du, was mich wundert?« Ich sah mich immer wieder nervös nach Fabio um.

»Dass er auf Nugateis steht?« Matilde grinste. »Wie übrigens alle Venezianer?«

»Dass er die Schokolade unter die Bank geklebt hat. Einfach so.«

»Er hat anscheinend darauf gesetzt, dass du dich genau an dieses Detail erinnerst.«

»Hätte auch schiefgehen können.«

»Klar. Aber er hätte die Süßigkeit ja wohl schlecht auf die Bank legen können. Dann wäre sie sofort weg gewesen.«

Noch während ich darüber nachdachte, schlenderte Fabio herbei. Er hatte einen Panamahut auf und eine große runde Sonnenbrille auf der Nase. Neben ihm: Superwoman. Sie war so überirdisch schön, dass es mir den Boden unter den Füßen wegzog.

Blitzschnell presste ich mich an die Hauswand. So eng, dass nicht mal eine Briefmarke zwischen mich und die Mauer gepasst hätte. Gleichzeitig machte Matilde einen Satz nach vorne und trat aus der Gasse.

»Komm zurück!« Ich zog am Saum ihres Shirts.

»Nun lass doch mal. Die sehen uns ja gar nicht.«

»Matilde, er ist mit IHR gekommen. Was soll das?«

»Ich weiß es nicht, aber ... Das kann viele Gründe haben.«

»Zum Beispiel?«

»Vielleicht hat sie ihn nur so begleitet und geht gleich wieder.«

Ich stöhnte. Großartige Erklärung. Genau das hatte ich hören wollen.

Ich spähte um Matilde herum, aber Sofia hatte sich leider nicht in eine Staubwolke verwandelt. Fabio stand mit hochgezogenen Schultern da, seine Arme schlackerten wie bei einer Marionette. Sofia schnippte etwas von der Hutkrempe, dabei lachte und redete sie und ihre Hände wirbelten durch die Luft. Ich begriff überhaupt nichts mehr. Warum zur Hölle brachte er sie mit, wenn er mich treffen wollte? Wozu dieser Quatsch mit dem Zettel und der Süßigkeit? Nein, das war nicht romantisch. Das war einfach nur bescheuert.

»Matilde, ich hau ab.«

»Nun wart doch mal! Das wird sich schon gleich klären.«

Überhaupt nichts würde sich klären. Ich hätte gar nicht erst herkommen sollen. Denn als ich einen letzten Blick riskierte, reckte sich Sofia auf die Zehenspitzen und drückte Fabio ein zärtliches Küsschen auf die Wange, nur wenige Millimeter von seinem Mundwinkel entfernt.

Ich lachte schrill auf. In was für ein Kasperletheater war ich hier bloß geraten? Ich schob Matilde beiseite, dann eilte ich den Weg zurück, den wir gekommen waren.

»Ella!«

Matilde holte mich keuchend ein.

»Warum läufst du denn weg? Du hättest wenigstens Hallo sagen können. Das war total kindisch von dir.«

»Ich sag dir jetzt mal was, Große.« Ich blieb vor einer Bar stehen und scannte die Cicchetti, üppig belegte Baguettescheiben, in den Auslagen. »Es war kindisch von mir, mir Hoffnungen zu machen. Ich hätte schon im Taxi, als er mir den Comic gezeigt hat, die Notbremse ziehen sollen.«

»Gefühle kann man nicht einfach ausknipsen. Und man sollte es auch nicht.«

»Ach nein? Mama leidet heute noch unter ihrer gescheiterten Ehe.«

»Ja, kann sein. Aber meinst du, deswegen bereut sie die schönen Jahre, die sie mit deinem Vater hatte? Und dass sie dich gekriegt hat? Ganz sicher nicht.«

Ich zuckte mit den Achseln. »Vielleicht ja doch.«

»Du hast sie doch nicht mehr alle, Kleine.« Matilde hakte sich bei mir ein. »Ich spendiere uns jetzt ein Panino, das ist gut für die Nerven, und dann fahren wir auf den Lido. Keine Widerrede. Das Leben ist schön.«

Ja, das Leben war schön. Abgesehen von den absolut grauenhaften Momenten. Und einen davon hatte ich gerade erlebt.

7. August, Nachmittag – Lido di Venezia

Knapp zwanzig Minuten später – wir hatten uns in einer Bar zwei Panini einpacken lassen – erwischten wir ein Vaporetto der Linie eins. Während sich Matilde, für die Wasserbusfahren in Venedig Alltag war, zum Essen in den Innenbereich verzog, blieb ich draußen an der Fahrerkabine stehen. Eine diesige Glocke hing über der Stadt, der Fahrtwind fuhr unter mein Kleid und streichelte meine Beine.

Durch die Plexiglasscheibe der Tür sah ich, wie sich Matilde über ihr Brötchen hermachte. Mir war der Appetit restlos vergangen. Ich fühlte mich einfach nur elend. Aber wie konnte das eigentlich sein? Zwischen Fabio und mir war doch – abgesehen von ein paar magischen Blicken – gar nichts weiter vorgefallen.

Um mich abzulenken, nahm ich das Handy raus und fotografierte. Die prunkvollen Paläste links und rechts entlang des Canal Grande. Die Accademia-Brücke. Die barocke Kirche Santa Maria della Salute. San Marco, die Giardini und Sant'Elena. Und als das Boot endlich auf die Insel zusteuerte, versuchte ich das Farbenspiel des matt türkisfarbenen Wassers einzufangen. Immer wieder kreisten meine Gedanken um Fabio. Ich sah, wie er sich zu Sofia hinabbeugte, während sie sich gleichzeitig auf die Zehenspitzen reckte ... Wie sein Hut dabei ein Stück nach vorne rutschte ... Wie ihre Lippen seine Wange berührten ... Das Bild hatte sich in mein Hirn gebrannt und ich fragte mich, ob es sich jemals wieder löschen ließ.

Kurz darauf legte das Vaporetto an. Wir stiegen in einem Pulk von Menschen aus, dann schlenderten wir die von Boutiquen, Bars und Hotels gesäumte Hauptstraße in Richtung Meer. Matilde textete mich die ganze Zeit über zu. Immer wieder fiel ihr eine neue abstruse Theorie ein, warum Fabio Superwoman mitgebracht hatte.

Ich wollte das alles nicht hören und war froh, als wir endlich am Strand waren. Raus aus den Klamotten, rein ins Wasser. Ich tauchte mit dem Kopf unter – die Kälte raubte mir den Atem –, dann genoss ich die irreale Unterwasserstille. Hier gab es nur Muscheln, kleine Fische und Seetang.

Matilde blieb auf ihrem Handtuch sitzen, während ich ein Stück am Ufer entlangschwamm. Zwischendurch ließ ich mich immer wieder auf der Wasseroberfläche treiben und schaute in den Sommerhimmel, wo sich fedrige Wolken zu einem kunstvollen Muster formierten.

Kaum hatte ich mich nach dem Abtrocknen neben meiner Cousine ausgestreckt, bemerkte ich, wie sie meine Schulter kitzelte.

»Eincremen?«

Ich nickte und drehte mich auf den Bauch. Ein Klacks kühle Sonnenmilch landete auf meinem Rücken, dann spürte ich ihre Hände, die die Creme in kreisenden Bewegungen verteilten. Ich schloss wieder die Augen und stellte mir vor, es wären Fabios Hände, die auf mir herumwanderten, meinen Hals streichelten und über meine Hüften glitten. Irgendein Teil in mir schien immer noch auf ein Happy End zu hoffen. Aber das gab es augenscheinlich nicht. Es gab nur diese Achterbahn der Gefühle in mir, die seit der Blamage am Eiscafé eine umso rasantere Fahrt aufgenommen hatte.

Tränen stiegen in mir auf und ich vergrub den Kopf zwischen meinen Armen.

»He.« Matilde kam ganz nahe und nahm mir die Sonnenbrille ab. »Weinst du?«

Ich deutete ein Kopfschütteln an.

»Sicher?«

»Okay, aber nur ein bisschen. Blöd, ich weiß.«

»Gar nicht blöd. Das heißt nur, dass du sensibel bist.« Sie legte ihren Arm um mich. »Dafür mag ich dich ja auch so, Kleine. Gefühlsklötze kann ich nicht ausstehen.«

Sie grinste und ich grinste zurück. Matildes spezieller Humor machte die Sache gleich viel weniger schlimm. Ich wischte mir den Rest der Schminke unter den Augen weg, und dann dachte ich, dass ich meine Zeit in Venedig trotz allem genießen musste. Denn das war ich meinen Leutchen hier, aber auch mir selbst schuldig.

8. August, Vormittag – Hotel *LA BELLA VITA*, im Gassengewirr von Venedig

Ausschlafen.

Es gab nichts Schöneres, als aufzuwachen und zu wissen, dass ich nichts tun musste. Ich brauchte nicht mal aufzustehen und zu duschen, ich konnte mich einfach wieder in den Traum gleiten lassen. In diese Zwischenwelt, wo Fabio mir ganz nah war. So vertraut, als würden wir uns schon viele Jahre kennen. Erst im Wachzustand kam die Ernüchterung schlagartig zurück. Vielleicht hatte ich mir alles nur eingebildet. Die spezielle Verbindung zwischen uns, seine Blicke, sein Interesse an mir.

Der Zeiger auf dem Wecker an Matildes Bett zeigte auf halb elf, als ich mich endlich aufraffte und ins Bad schlurfte. Meine Cousine war schon aufgestanden. Bestimmt hatte sie längst gefrühstückt.

Ich duschte, dann riss ich das Fenster auf, um den Wasserdampf entweichen zu lassen. Sahnebaiser-Wolken standen am kornblumenblauen Himmel und ein leichter Wind ging. Ideales Wetter, um die Friedhofsinsel San Michele aus der Ferne zu fotografieren. Vielleicht hatte Matilde ja auch Lust, dass wir mit dem Vaporetto hinüberfuhren. Ich war noch nie dort gewesen, aber laut Tante Anne und Onkel Thomas sollte die Atmosphäre eine ganz besondere sein.

Unten in der Gasse quietschten Schritte und ich sah hinunter. Vorm Eingang des Hotels trat ein Typ in weißen Sneakers und mit espressobraunen Wuschellocken von einem Fuß auf den anderen. Ich zuckte zurück. Einmal tief durchatmen und den Puls beruhigen. Halluzinierte ich oder war das da unten tatsächlich Fabio?

Ich schaute noch einmal hinaus. Der Junge, der Fabio so verdammt ähnlich sah, hatte sich keinen Millimeter wegbewegt. Mein Herz gab erneut Gas. Es hämmerte richtig und ich spürte das Blut in den Ohren rauschen. Was sollte ich nur tun? Ihn bei seinem Namen rufen? Unmöglich. Ich war splitterfasernackt! Matildes Bademantel, fiel es mir ein. Der hing doch immer an dem Haken an der Tür. Ich fuhr herum, aber da baumelte nur ihr Badetuch. Hektisch griff ich nach meinem Nachtshirt und streifte es blitzschnell über, doch als ich wieder ans Fenster trat und rausguckte, war der Typ mit Wuschellocken verschwunden.

Mist. Chance verpasst. Schon wieder! Meine Hände zitterten, als ich nach der Bürste griff und mir die Haare kämmte. Was hatte Fabio dort unten gemacht? Eine weitere Nachricht für mich abgegeben? Und wenn er es nicht gewesen war, warum stand dort ausgerechnet ein Doppelgänger von ihm?

Ich sauste in Matildes Zimmer, zog Shorts und ein T-Shirt an, schon stolperte ich die Treppe hinab. Sonnencreme und Wimperntusche mussten heute warten.

Matilde und Gaia waren am Abräumen des Frühstücksbüfetts; meine Mutter kümmerte sich um das Geschirr auf den Tischen.

»Guten Morgen!«, rief sie. Da sie einen Stapel Teller vor

dem Bauch hielt, winkte sie nur mit dem kleinen Finger. »Gut geschlafen?«

»Wie ein Murmeltier.«

Ich nickte und zupfte Matilde unauffällig am Saum ihres T-Shirts.

»Zwei Brioches sind für dich reserviert«, sagte sie. »Fang ruhig schon an. Tisch drei. Ich bring dir gleich einen Kaffee.«

»Fabio«, raunte ich ihr zu.

»Wie bitte?«

»Kommst du mal mit?«

Meine Mum guckte zu uns rüber. »Was heckt ihr beiden denn aus?«

»Wir müssen die Route für heute planen«, antwortete Matilde. Im Erfinden von Notlügen war sie Weltklasse.

»Möchtet ihr mit uns nach Padua kommen?«

Ich schüttelte den Kopf. Ich mochte Padua, aber ich wollte lieber in Venedig fotografieren. Und vor allem nicht die Chance vertun, Fabio vielleicht noch einmal über den Weg zu laufen. »Wir können ja mal was anderes zusammen machen«, schlug ich vor.

»Gern.« Meine Mutter zwinkerte uns zu. »Geht und amüsiert euch. Gaia und ich schaffen den Rest allein.«

Heute nahm ich mir keine Zeit für ein ausgiebiges Frühstück. Ich kippte ein Glas Orangensaft hinunter und verschlang eine halbe Brioche. Kauend erzählte ich Matilde, was ich vom Badezimmerfenster aus beobachtet hatte.

»Bist du dir sicher?«

»Nicht hundertprozentig. Vielleicht war es einfach nur ein Typ, der ihm ähnelte.«

»Oder Fabio hat wieder eine Nachricht für dich hinterlegt. Warte, ich frag schnell mal bei Carla nach.«

Bevor ich etwas entgegnen konnte, sprang Matilde auf und durchquerte den Frühstücksraum mit langen Schritten. Es dauerte eine Weile, bis sie, eine Tasse Cappuccino balancierend, zurückkam.

»Keine Nachricht.« Sie zuckte mit den Achseln. »Tut mir echt leid.«

Ich hatte mir vorgenommen, nicht enttäuscht zu sein, war es aber trotzdem. Tapfer lächelte ich Matilde an.

»Hab auch nichts anderes erwartet.«

»Doch, hast du.«

»Okay, war gelogen.«

Ich nippte am Cappuccino. Etwas Milchschaum kleckste auf mein Kleid. Ich ärgerte mich maßlos darüber, aber noch viel mehr brachte mich dieses Gefühlswirrwarr in mir auf die Palme. Ich konnte ja kaum noch klar denken. In jedem Jungen mit Locken sah ich Fabio, und wenn ich nachts aufwachte, war mein erster Gedanke: Fabio. So durfte es nicht weitergehen!

»Matilde«, sagte ich und sah schräg an ihr vorbei aus dem Fenster.

»Ja, Kleine?« Ihre braunen Augen schienen zu lächeln.

»Ich muss das mit ihm klären. Ob er nun mit Sofia zusammen ist oder nicht. Und wieso er mich immer so anschaut.«

»Gute Idee.« Matilde lehnte sich zurück. »Aber wie willst du es anstellen?«

»Keine Ahnung.«

»Ella?« Meine Mutter kam, mit ihrem Telefon wedelnd, auf uns zu.

»Ich hab gerade mit deinem Vater telefoniert. Er würde sich freuen, wenn du dich gleich mal bei ihm meldest. Er ist noch die nächste halbe Stunde zu erreichen. Sonst erst wieder heute Abend.«

»Okay.«

Ich gab Matilde ein Zeichen, dann huschte ich, das Handy in der Hosentasche, hinaus, marschierte an der Rezeption vorbei und trat in die Gasse. Zur Sicherheit schaute ich nach links und rechts, aber niemand, der auch nur entfernt mit Fabio Ähnlichkeit hatte, war zu sehen.

Mein Vater nahm sofort ab. Er klang ein wenig verschlafen. Und als er mich begrüßte, unterdrückte er ein Gähnen. Bestimmt hatte er bis in die frühen Morgenstunden gedreht.

»Passt es dir doch nicht?«, fragte ich. »Mama meinte ...«

»Doch, Ella. Schön, dass du einen Moment Zeit hast. Also: Wie geht es dir?«

»Gut«, antwortete ich. *Abgesehen davon, dass ich im Moment kaum einen klaren Gedanken fassen kann*, setzte ich im Geiste hinzu.

»Hast du schon viel fotografiert?«

»Klar! Logisch!« Ich nannte ihm ein paar Bildmotive und erzählte von meinem Ansatz, die Touristin in mir auszuschalten und mit den Augen eines Kindes zu schauen. Mein Vater kommentierte mit Floskeln wie *Ach, spannend* und *Klingt toll*, aber wieder hatte ich die ganze Zeit das Gefühl, als würde er mir gar nicht richtig zuhören. Vielleicht war er ja doch auf dem Sprung und hatte mich nicht enttäuschen wollen.

»Papa?«, sagte ich rasch, bevor er das Gespräch beenden konnte.

»Ja?«

»Und wenn ich in der letzten Ferienwoche doch zu dir komme? Ich kann gleich mal nach Flügen schauen.«

Stille in der Leitung, dann:

»Ella, du weißt doch, dass ich diesen Krimi vorbereite. Es ist alles komplizierter als gedacht ... Wir haben laufend Meetings.«

»Du musst dich gar nicht um mich kümmern, ich hab meine eigenen Pläne. Vielleicht kann ich auch Matilde mitbringen. Und abends koche ich für uns«, fuhr ich fort.

»Wir reden noch mal drüber, einverstanden?«

»Einverstanden«, echote ich, obwohl Ärger in mir hochkroch.

Wir reden noch mal drüber. Warum hatte er nicht gesagt: Ich möchte schrecklich gern, dass du kommst, aber die Arbeit wächst mir einfach über den Kopf. Und warum hatte ich nicht einen Anflug von Wärme in seiner Stimme gespürt?

Enttäuscht steckte ich mein Handy weg, und als ich ins Hotel zurückkehrte, stand Matilde mit ihrer gepackten Tasche da. Sie schien es kaum abwarten zu können, endlich mit mir in den Tag zu starten.

»Gibst du mir fünf Minuten?«

»Klar.« Eine steile Falte tauchte zwischen ihren Augenbrauen auf. »Alles okay?«

Ich schüttelte den Kopf. »Papa will aus irgendwelchen Gründen nicht, dass ich komme.«

»Hat er das so direkt gesagt?«

»Nein, aber ich hab's gespürt.«

Matilde strich mit ihrem Zeigefinger über meinen Arm. »Warum nicht? Ihr seht euch doch so selten.«

Weniger als selten, dachte ich und trottete zur Treppe. Dort drehte ich mich um und sagte: »Offenbar hat er was Besseres zu tun.«

Es war eine ziemlich bittere Erkenntnis, aber die einzig richtige. Man musste ehrlich mit sich selbst sein. Sonst machte man sich nur unglücklich.

8. August, Mittag und Nachmittag – Überall in Venedig

Am Fondamente Nuove blies ein frischer Wind von der Lagune her und Matilde zuliebe beeilte ich mich mit den Aufnahmen. Es musste langweilig für sie sein, minutenlang neben mir zu stehen und darauf zu warten, dass ich das perfekte Foto im Kasten hatte. Da gerade eine Trauergemeinde zur Insel San Michele übersetzte, verzichteten wir auf einen Abstecher zur Friedhofsinsel und gingen weiter in Richtung Rialto. Mit einem Auge war ich die ganze Zeit auf Motivsuche. Ich entdeckte bunte Lakritzschnüre in den Auslagen einer Bar, Kekse in einer Pasticceria, aufflatternde Tauben, Details einer Kirchenfassade, marodes Mauerwerk. Und immer wieder fotografierte ich das Wasser der Kanäle, das je nach Lichteinfall eine andere Farbgebung hatte.

»Lust auf ein Eis bei *Nico*?«, fragte Matilde.

Gerade hatten wir uns einen Weg über die Rialtobrücke gebahnt und liefen an den Marktständen mit Venedig-T-Shirts, Taschen und anderem Touristennepp entlang.

»Klar, gern. Aber erst machen wir einen Abstecher zur Bank.«

»Wie du willst.« Es zuckte unmerklich um Matildes Mundwinkel.

»Findest du das albern?«

Ihre sonnengebräunten Schultern rutschten nach oben. »Nein. Nur ... Warum sollte sich Fabio erst vorm Hotel herumdrücken, um dann später etwas unter der Bank zu deponieren, wo er doch gar nicht davon ausgehen kann, dass du dort nachsiehst?«

»Vielleicht wollte er erst etwas für mich abgeben, hat sich aber nicht getraut?«

»Egal.« Ich stieß einen Seufzer aus. »Ich geh trotzdem hin.«

Am Campo Santa Margherita war ich kurz vorm Verdursten, und weil meine Wasserflasche bereits leer war, machte ich einen Schlenker über den Supermarkt, um Nachschub zu besorgen.

»Und?«, fragte Matilde, als wir kurz darauf auf der Bank saßen. »Willst du gar nicht nachsehen?«

»Sekunde.« Ich brauchte einen Moment, um mich zu sammeln. Und mich darauf einzustellen, dass ich sehr wahrscheinlich enttäuscht sein würde.

»Soll ich?«

»Untersteh dich!«

Ich griff unter die Sitzfläche, meine zittrigen Finger wanderten ein paar Zentimeter nach links: nichts. Ein paar Zentimeter nach rechts: auch nichts. Ich hatte es befürchtet.

»Da ist nichts.«

»Sicher?«

Bevor ich etwas darauf sagen konnte, tauchte Matilde unter der Bank ab. Sie stieß einen gurgelnden Laut aus, dann kam sie wieder hoch und hielt mir triumphierend grinsend einen Lolli hin. Der Stiel war mit apfelgrünem Geschenkpapier umwickelt.

»Guck mal! Wie schräg ist das denn?!«

»Wo … wo war der?« Sofort hämmerte mein Herz wieder los, ich konnte nichts dagegen tun.

»Weiter hinten.«

Ich nahm den Lolli, zwirbelte ein Weilchen den Stiel, dann entfernte ich das knisternde Papier und entrollte es. *Liebe Ella*, stand in Druckbuchstaben auf einem beigefügten Zettel in demselben schrillen Grün.

Komm bitte heute (8. August!) um 15 Uhr auf die Rialtobrücke.

Wortlos reichte ich Matilde den Zettel.

»Rialto?« Sie hob die Augenbrauen. »Sehr originell. Ist das etwa auch ein Lieblingsort von ihm?«

»Keine Ahnung.«

»Würde mich wundern«, fuhr sie fort. »Als Einheimischer huschst du nur schnell rüber, wenn du musst.« Sie schnippte mit den Fingern, als käme ihr eine Erleuchtung. »Vielleicht ist es ja gar nicht Fabio, sondern ein Tourist, der sich in dich verguckt hat.«

»Was denn für ein Tourist?«

»Einer aus unserem Hotel?«

Ich überlegte. Im Frühstücksraum hatte ich niemanden in meinem Alter gesehen. Nur ältere Männer. Und die würden es ja wohl kaum wagen, mich mit Nachrichten durch die halbe Stadt zu schicken.

Matilde schnüffelte am Papier. »Hm, riecht irgendwie merkwürdig.«

Sie hielt es mir hin. Eine Mischung aus feuchtem Keller und süßem Kaugummi stieg mir in die Nase.

»Ist das Fabios Eau de Cologne?«

Ich schnupperte noch einmal. »Ganz sicher nicht … Das

hier riecht eher nach einer Puffmutter, die im Keller arbeitet.«

Matilde grinste breit, dann stand sie auf und zupfte an den ausgefransten Rändern ihrer Jeansshorts. »Gehen wir hin?«

»Klar.« Ich grinste zurück. »Ich will doch auch wissen, wer hinter der Puffmutter steckt.«

Wir machten uns auf den Weg, verputzten unterwegs in einer Bar ein paar Tramezzini, danach teilten wir uns ein Mandelgebäck. Nervennahrung. Die brauchte ich für das, was mir bevorstand.

Am Fuß der Rialtobrücke prüfte ich im Taschenspiegel, ob nichts zwischen meinen Zähnen kleben geblieben war, dann straffte ich mich. Schultern runter, gerade stehen, Attitüde.

»Ich mag Fabio, ich mag ihn, ja, ich mag ihn wirklich«, murmelte ich vor mich hin, »aber ich benehme mich deshalb nicht wie ein verknallter Groupie.«

»Genau die richtige Einstellung.« Matilde klopfte mir auf die Schulter. »Nur Mut.«

Ich blicke auf mein Handy, es war eine Minute vor drei. Schleppend, als hätte ich einen Kartoffelsack auf den Schultern, stieg ich Stufe um Stufe nach oben.

»Kein Grund, nervös zu sein«, sagte Matilde und fasste mich an der Hüfte.

»Ich bin nicht nervös. Ich bin ein Nervenbündel.«

»Was dich umso liebenswerter macht. Wetten, Fabio geht es gerade ganz genauso?«

»Wenn er denn überhaupt hier ist ...«

Ich nahm die zwei letzten Stufen mit einem Satz und blieb an der höchsten Stelle der Brücke stehen. Touristen drängelten sich an den Aussichtspunkten zu beiden Seiten des Kanals. Keine Spur von einem Typen mit Wuschellocken.

»Du bleibst hier stehen«, sagte Matilde. »Ich gucke mich auf der anderen Seite um.«

»Okay.«

Auch wenn Fabio mit seiner Größe die meisten Leute überragte, war es trotzdem möglich, sich im Gedränge zu verpassen. Ein älteres Paar zog weiter und ich nahm ihren Stützpunkt am Geländer ein. Ich schob meine Sonnenbrille ins Haar und scannte die Leute ringsum. Alles in mir flatterte, aber ich versuchte, mir nichts anmerken zu lassen. Ich war cool. Supercool.

Die Minuten vergingen.

Ich trat von einem Fuß auf den anderen.

Strich über das sonnenwarme Geländer.

Knibbelte an meinen Nägeln.

Und versuchte mir einen Text zurechtzulegen.

Ciao, Fabio. Schön, dich zu sehen. Warst du das heute Morgen bei uns im Hotel? Hast du den Lolli mit dem ... ähm ... grünen Papier unter die Bank geklebt? Und spürst du es auch? Dieses wahnsinnige, irgendwie total verrückte Kribbeln zwischen uns?

Herrje, das konnte ich doch nicht einfach so sagen, ohne vor Peinlichkeit im Boden zu versinken!

Um Viertel nach drei sah ich auf mein Handy. Fünfzehn Minuten stand ich mir jetzt schon die Beine in den Bauch.

Er würde nicht kommen. Ich wusste es. Ich wartete völlig umsonst, während mein Herz wie verrückt pumpte. 900 Sekunden Lebenszeit – einfach futsch. Ich hatte keine

Lust, länger herumzulungern, und räumte den Logenplatz an der Brüstung. Sofort drängten sich zwei junge Frauen in die Lücke und legten mit einer Selfie-Orgie los. Ich zwängte mich an ein paar Bier trinkenden Typen vorbei, wollte zu Matilde auf die andere Seite der Brücke, als mir lange blonde Haare ins Auge stachen. Ich sah noch einmal hin und es fühlte sich an, als würde ein Stromschlag durch meinen Körper jagen.

Das da war Sofia.

Superwoman.

Sie stand wie hergezaubert da, die sonnengebräunten Beine übereinander gekreuzt, und hielt ein pinkfarbenes Smartphone am Ohr. Ich ging hinter einem Zweimetermann in Deckung, der damit beschäftigt war, Chips aus der Tüte zu essen. Alles klar. Wenn sie hier war, war Fabio mit Sicherheit nicht weit.

Ein Hauch von Schweiß stieg mir in die Nase, als ich um den Hünen herumlugte. Ein rothaariges Mädchen mit Pixicut und Siebzigerjahre-Sonnenbrille trat auf Sofia zu. Sie umarmten sich, lachten, Sofia redete auf die Freundin ein, die sich daraufhin suchend umblickte.

Ich nutzte den Moment und huschte zu Matilde rüber.

»Komm!«, sagte ich.

»Ist er da?«

»Nein, aber Sofia.«

»Okay, dann sollten wir noch warten. Dann trudelt er sicher auch gleich ein.«

»Nein, sollten wir nicht.«

Ich nahm Matilde an die Hand, schlängelte mich mit ihr um eine Menschentraube herum und polterte die Steinstufen hinab.

»Immer taucht *sie* auf!«, schimpfte ich, als wir an der Pizzeria vorbeieilten, wo wir uns manchmal ein Stück Pizza holten. »Fabio kann mich mal, ganz im Ernst!«

Auf dem Campo San Bartolomeo verlangsamte Matilde ihren Schritt und blieb am Goldoni-Denkmal stehen. »Ich versteh das, ich wäre ja auch sauer, aber vielleicht ist ihm was dazwischengekommen. Oder ihm ist das Boot vor der Nase weggefahren. Oder ...«

»Jetzt hör mal zu«, sagte ich, bevor sie weitersprechen konnte. »Wenn ich jemanden toll finde, fahre ich zur Sicherheit eine halbe Stunde eher los. Oder auch eine ganze Stunde. Und ich nehme auch nicht immer meinen Freund mit. Falls ich denn einen hätte.«

Matilde seufzte. »Du hast ja recht! Ich steh nur so auf Happy Ends.«

»Ich auch.« Ich sog die Luft scharf ein. »Aber ich lasse mich nicht verschaukeln.«

Ich sah Beatrice und Massimo auf uns zusteuern und musste unwillkürlich lächeln. Die beiden kamen genau im richtigen Moment. Sie waren ausgesprochen nett und es gab immer viel zu lachen. Wir redeten in einem kruden Sprachenmischmasch aus Englisch, Italienisch, Französisch und Deutsch miteinander. Das meiste war oberflächliches Geplänkel, aber das störte mich nicht, ganz im Gegenteil. Ein wenig Ablenkung vom Fabio-Sofia-Desaster würde mir guttun.

»Ciao!« Massimo klatschte erst mich ab, dann Matilde.

Ich genoss es, dass es mit ihm so unkompliziert war. Ich fand ihn nett und er mich auch. Vielleicht fand er mich auch etwas mehr als nett. Das war wie Glitzerstaub für mein Ego. Massimo war so aufmerksam, er lobte mich immer für jeden noch so winzigen Fortschritt im Italienischen.

»Und?«, fragte er. »Gibt's wieder neue Fotos?«

Statt zu antworten, entriegelte ich mein Telefon und gab es ihm.

»Wow, wow, WOW!«, rief er aus, während er sich durch die Bilder klickte. »Du hast wirklich Talent.«

Begeistert zeigte er Beatrice die Aufnahmen der bunten Lakritze. Auch ich fand sie ziemlich genial und hatte schon überlegt, sie zu Hause auf Leinen aufziehen zu lassen und gerahmt in die Küche oder auf den Flur zu hängen.

Weil ich nicht wusste, wie ich das auf Italienisch formulieren konnte, blickte ich mich suchend nach Matilde um. Die stand bei einem dunkelhaarigen Jungen mit einem Undercut, den ich schon beim letzten Mal kennengelernt hatte. Er hieß Alessio. Grimassierend winkte ich Matilde herbei, sie sagte etwas zu Alessio, dann kam sie auf mich zugetrottet.

»Mann, den hat's echt erwischt«, flüsterte Matilde mir kichernd zu.

Sie wies mit dem Kinn auf Massimo, der immer noch mit meinem Smartphone beschäftigt war.

»Quatsch.«

Ich machte einen Schritt auf Massimo zu und nahm mein Handy wieder an mich.

»Coole Aufnahmen.« Massimo nickte mir anerkennend zu.

Matilde legte ihr Kinn auf meiner Schulter ab. »Ist das ein Wunder? Bei der Verwandtschaft?«

Massimo lachte, gleichzeitig reckte sich Matilde auf

die Zehenspitzen und hielt nach irgendjemandem auf der anderen Seite des Denkmals vor einer Boutique Ausschau. Es zuckte um ihre Mundwinkel, ihre Nasenlöcher blähten sich und sie zog die Stirn kraus.

»Ist was?«, fragte ich. Bitte nicht wieder Sofia ...

»Ich muss euch Ella mal kurz entführen«, sagte Matilde. »Wir sind gleich zurück.«

»Aber wir wollen eure Geheimnisse auch wissen!«, rief Beatrice uns auf Englisch nach und ihr Lachen schallte über den Platz.

»Fabio«, zischte Matilde mir zu, während wir uns ein paar Schritte von den anderen entfernten.

Gerade hatte ich noch gedacht, der Typ kann mir mal gestohlen bleiben, nun schlug mein Herz wie ein Trommelwirbel und mein Magen schnürte sich zu einem Knäuel zusammen. Ich musste mit ihm sprechen, am besten jetzt gleich. Womöglich war dies meine letzte Chance, endlich zu klären, was zu klären war.

Unter Matildes fragendem Blick gab ich mir einen Ruck und drehte mich in Zeitlupe um. Fabio stand mit ein paar Jungs zusammen, sie plauderten miteinander und ließen eine Flasche rumgehen.

»Da bin ich aber auch mal gespannt, was für Geheimnisse ihr habt.« Massimo war neben uns aufgetaucht und bot uns grinsend Lakritze aus einer kegelförmigen Papiertüte an.

»Der Sinn von Geheimnissen ist ja, dass sie geheim bleiben«, erwiderte Matilde. Sie griff in die Tüte und fischte sich zwei kleine Nilpferde raus.

Ich bekam nichts runter, wirklich rein gar nichts, also schüttelte ich den Kopf.

»Das macht ihr doch mit Absicht, oder?«, sagte Massimo.

»Wie bitte?«, fragte Matilde.

»Reine Taktik, um euch interessanter zu machen.«

Er schnitt eine alberne Grimasse und schlang seinen Arm um meine Taille. Das tat er häufiger, einfach nur so zum Spaß. Jetzt legte er auch noch seinen Kopf auf meine Schulter, und seine roten Haare, die frisch gewaschen dufteten, kitzelten meinen Arm. Genau in dieser Mikrosekunde sah Fabio zu mir rüber.

Unsere Blicke kreuzten sich.

Das Blut schoss mir ins Gesicht.

Fabio hob die Hand ein paar Zentimeter und winkte mir zu. Vielleicht winkte er nicht wirklich, vielleicht war es nur die Andeutung dieser Geste, vielleicht hatte aber auch bloß seine Hand gezuckt.

Und was tat ich?

Nichts.

Ich stand wie gelähmt in Massimos Arm, konnte weder denken noch mich losreißen und auch nicht den Kopf wegdrehen.

Das tat dafür Fabio.

Bravo. Gut gemacht, Ella. Großartige Vorstellung!

»Lässt du uns noch mal einen Moment allein, Massimo?«, sagte ich, während meine Gedanken wie wild durch meinen Kopf rasten. »Matilde und ich müssen noch ein anderes Geheimnis besprechen. Das verstehst du doch sicher, oder?«

»Klar.« Massimos Mundwinkel kippten nach unten. »Aber nicht einfach abhauen!«

»Niemals!«

Matilde knuffte ihn, hakte sich bei mir ein und wir traten ein Stück zur Seite.

»Ich machs jetzt«, sagte ich leise, »Ich geh zu ihm.«.

Matilde strahlte mich an. So als wäre zwischen Fabio und mir schon alles geritzt.

»Drückst du mir die Daumen?«

»Und wie, Süße! Die ganze Zeit!«

Meine Knie flatterten, als ich langsam auf Fabio zusteuerte. Nur einen Pulsschlag darauf drehte er sich von seinen Kumpels weg und machte zwei, drei zögerliche Schritte in meine Richtung.

»Hi«, sagte ich, während der Magenfahrstuhl in mir losratterte.

»Ciao, Ella!«

Er tat überrascht und ein Lächeln glitt über sein Gesicht. War das echt? Oder nur ein Showlächeln, das er sich lieber verkniffen hätte? Die Sonnenbräune konnte kaum die roten Flecken an seinem Hals überdecken. Als hätte er meinen Blick bemerkt, hielt er die Hand davor, mit der anderen nickte er Matilde zu, die etwas abseits von uns stand.

Die hob die Hand zum Gruß, wurde im selben Moment von einem Mädchen in einem flatterigen Hippiekleid angesprochen. Ich schaute etwas länger hin, tat, als würde mich das Kleid brennend interessieren. Dabei versuchte ich nur damit klarzukommen, dass ich plötzlich mit Fabio allein dastand. Was eigentlich albern war, weil ich mir seit Tagen nichts sehnlicher wünschte.

»Puh, *fa caldo.*« Fabio knetete seine Locken, dann band er sie im Nacken mit einem Gummi zusammen, das er von seinem Handgelenkt gerollt hatte.

Glücklich, ihn verstanden zu haben, nickte ich. »In München ist es im August aber auch so heiß.«

Geistreiche Antwort, Ella. Volltreffer.

»Und? Wie geht's dir so?« Er rieb sich unauffällig am Hals, wo die Flecken immer deutlicher hervortraten.

»Super. Venedig eben. Da kann's einem ja kaum schlecht gehen, oder?«

Was faselte ich bloß schon wieder? Natürlich konnte es einem in Venedig schlecht gehen. Sehr schlecht sogar. Und gerade jetzt, da ein Unbekannter mein Leben gehörig durcheinanderwirbelte und ich nicht wusste, ob dieser Unbekannte zufällig vor mir stand.

»Wie läuft dein Fotoprojekt?«

Froh, dass er eine unverfängliche Frage stellte, fing ich an zu reden. Erst stockend, dann immer flüssiger, und Fabio lauschte interessiert, als ich von unseren Streifzügen durch die Stadt erzählte. Nur diese verwirrende Schnitzeljagd und mein Gefühlschaos ließ ich aus.

»Du kennst dich ziemlich gut aus«, sagte er.

»Nö, nicht wirklich«, wiegelte ich ab. »Ohne Matilde würde ich total die Orientierung verlieren.«

Fabio lächelte wieder. Wahnsinn, was für schöne Zähne er hatte! Und seine Augen, die diesmal mitlächelten, hatten im Nachmittagslicht das gleiche Stahlblau wie der Himmel.

»Das geht uns Venezianern manchmal auch so«, sagte er. »Als Kind hab ich mich mal bei Hochwasser verirrt. Im Dunkeln. Ich hatte schreckliche Angst.«

»Warum bist du alleine im Dunkeln rumgelaufen?«

»Ich sollte nur eine Packung Pasta im Supermarkt holen und bin auf dem Rückweg falsch abgebogen. Seitdem stehe ich mit den Hochwasser-Sirenen auf Kriegsfuß.«

Armer Fabio. Ich schaute ihn an. Und roch diesen unvergleichlichen Limetten-Rosmarin-Duft. Fabio erwiderte meinen Blick und einen Moment glaubte ich, dass das Straßenpflaster unter mir zu Brei wurde.

Verwirrt guckte ich weg und sah zu Matilde, die sich immer noch mit dem Mädchen in dem Hippiekleid unterhielt. Ich musste Fabio endlich auf die Sache mit den Zetteln ansprechen. Und auf uns, das vor allem. Nur wie stellte ich es am geschicktesten an?

Der Lolli ... Ich könnte ihn herausnehmen und damit vor seiner Nase herumwedeln. Dann musste er sich ja irgendwie dazu äußern. Und wenn er es nicht tat, wusste ich, dass er nichts mit dieser Schnitzeljagd zu tun hatte.

Meine Finger zitterten, als sie in das Seitenfach meiner Tasche wanderten. Das Papier knisterte, ich ertastete den Stiel, doch gerade als ich die Süßigkeit hervorholen wollte, drang ein tiefes *Ella?* an mein Ohr, im nächsten Moment spürte ich Fabios Hand auf meinem Oberarm. Ein Stromstoß jagte durch meinen Körper und ich zuckte unwillkürlich zurück.

»Oh, Verzeihung«, sagte Fabio.

»Macht doch nichts ... äh ... kein Problem«, stotterte ich und ärgerte mich maßlos, dass mein Körper so übersensibel reagiert hatte. Von mir aus hätte seine Hand stundenlang auf meinem Arm liegen können. Und ich hätte auch nichts dagegen gehabt, wenn sie zu meinem Gesicht gewandert und meine Wange gestreichelt hätte.

Wir sahen uns an, eine Sekunde, zwei, vielleicht auch viel länger. Das Herz schlug mir bis zum Hals und es fühlte sich an, als würden leise Glöckchen in meinen Ohren klirren.

»Was ich dir noch ... äh ... sagen wollte ...« Fabios Wimpern klimperten arrhythmisch und sehr schnell.

»Ja? Was?«

Bevor er fortfahren konnte, traten zwei Typen auf Fabio zu und begrüßten ihn mit Schulterschlag. Fabios Blick ging zwischen mir und seinen Freunden hin und her.

»Tut mir leid, Ella, ich ... muss mal eben mit Enzo reden, aber ... wir sprechen uns noch, okay? Nachher oder morgen oder ... Ich bin öfter hier.«

»Äh ja, okay«, erwiderte ich mit kratziger Stimme, während der Magenfahrstuhl in den Keller sauste und unten mit einem Knall aufschlug. Wahrscheinlich war er gerade in tausend Stücke zersprungen.

Einen Moment stand ich wie paralysiert da und quetschte den Lolli in meiner Hand. Was sollte das jetzt? Warum war es Fabio wichtiger, sich ausgerechnet jetzt mit seinen Freunden zu unterhalten? Er hätte mich doch vorstellen und ins Gespräch mit einbeziehen können.

Meine Gefühlslage schwankte zwischen verletzt, traurig und zutiefst enttäuscht, als ich zu Beatrice und Massimo zurücktrottete. *Wir sprechen uns noch.* Aber sicher doch! Sehr gerne sogar! Nur wann? Nachher, morgen, irgendwann – ganz ehrlich, das klang ziemlich schwammig. Und was hatte Fabio mir eigentlich sagen wollen?

Massimo lächelte mir entgegen. Er schien total happy zu sein, dass ich zurück war. Er war so aufmerksam, so charming und strengte sich mächtig an, mich zu beeindrucken. Er holte mir ein Getränk aus der Bar, machte mir Komplimente und versuchte mich zum Lachen zu bringen. Ich tat ihm den Gefallen und lachte mit ihm. Dabei wollte ich nur weg. Weg von Fabio, der ein paar Meter von mir entfernt mit seinen Freunden zusammenstand und sich immer noch angeregt mit ihnen austauschte. Für mich hatte er ja sowieso keine Zeit. Das war einfach nur erbärmlich.

»Ehrlich, ich würde mich am liebsten nach Berlin beamen.« sagte ich zu meiner Cousine, als wir kurz darauf nach Hause trabten.

Gerade hatte ich ihr von dem missglückten Wortwechsel zwischen Fabio und mir erzählt.

Matilde legte ihren Arm um mich. »Das tut mir so leid, Kleine. Dabei hab ich dir richtig doll die Daumen gedrückt.«

Daumendrücken brachte nichts. Das hatte ich schon als Kind begriffen.

»Ich werfe es weg«, platzte es aus mir heraus.

»Was?«

»Das Porträt, das Fabio von mir gezeichnet hat.«

»Aber warum?«

»Weil es mich nur daran erinnert, dass ich einen, den ich richtig toll finde, nicht haben kann.«

Ich blieb vor einem Brillengeschäft stehen und sah mir Sonnenbrillen an, die sich kaum ein Mensch leisten konnte. Und ich schon gar nicht.

»Heb's auf«, sagte Matilde.

Ich sah zu ihr hoch. »Wozu soll das gut sein?«

»Auch wenn nie was zwischen euch sein wird ... wovon ich immer noch nicht ausgehe ...«

Ich lief wortlos weiter, Matilde schloss auf.

»Eines Tages wirst du dich drüber ärgern«, fuhr sie fort.

Ich seufzte tief auf. »Matilde, warum ist Fabio nur so?«

»Wie ist er denn?«

Ich überlegte. »Keine Ahnung. Irgendwie ... verdruckst.«

»Genau wie du!«

»He, ich bin nicht verdruckst.«

»Aber schüchtern.«

Ja, da war etwas Wahres dran. Zumindest was Fabio betraf. Sobald er in meiner Nähe war, versiegte mein Sprachzentrum. Dann schaffte ich es kaum noch, einen geraden Satz mit Subjekt, Prädikat und Objekt zu bilden.

Ich erinnerte mich an die Flecken an seinem Hals und kam ins Grübeln. Vielleicht war er wirklich unsicher. Im Zug und im Taxi hatte ich ihn auch nicht gerade als Aufreißer und Ladykiller erlebt. Trotzdem war das keine Rechtfertigung dafür, mich kreuz und quer durch die Stadt zu lotsen und sich dann nicht zu erkennen zu geben.

Bis zum Abendessen war es noch eine Weile hin und Matilde schlug vor, bei uns in Cannaregio etwas trinken zu gehen. Im Sitzen und mit Blick aufs Wasser ließ es sich besser über die großen Fragen des Lebens philosophieren.

Das klang verlockend. Ich mochte diesen Teil Venedigs ganz besonders. Touristen verirrten sich nur selten hierher, man konnte bis spät am Nachmittag in der Sonne brutzeln und den Sekunden beim Davontuckern zusehen. Das war in meinem desolaten Zustand genau das Richtige.

Wir entschieden uns für die erste Bar am Kanal, ich wollte den einzig freien Tisch in Beschlag nehmen, als Matilde auf ihr Handy schaute und krebsrot anlief.

»*Merda*!«, fluchte sie. »Beatrice und ich haben die Handys vertauscht. Und jetzt frag mich bitte nicht, wie das passieren konnte. Ich hab keine Ahnung.« Sie presste die Lippen zusammen. »Sorry, ich muss noch mal zurück. Hoffentlich ist sie noch auf dem Campo.«

»Okay, dann mal los.«

»Lass mal. Ich flitze nur schnell hin und zurück. In einer halben Stunde wieder hier, einverstanden?«

Das war eine fabelhafte Idee. Offen gestanden hatte ich keine große Lust, mich in der Hitze durch die Gassen zu schieben. Außerdem brauchte ich Zeit, um meine Gedanken zu sortieren.

Matilde marschierte los, ich trabte am Kanal entlang und fotografierte die vertäuten Motorboote. Es gab viele Details zu entdecken. Die Planen, die bemoosten Pfähle, die Farbe der Planken ... Eine Brücke weiter fiel mir eine Gondel ins Auge, auf der ein Mädchen mit Basecap stand und das Ruder bewegte. Ich trödelte die Treppenstufen hinab und schaute ein zweites Mal hin.

Es war Superwoman. Schon wieder. Konnte es bitte mal einen Tag geben, an dem ich ihr nicht über den Weg lief?

Ich wollte schnell weiterhuschen, aber zu spät. Sie hatte mich entdeckt.

»Hello, aspetta!«, rief sie und winkte mit dem Ruder.

Der Gondoliere, der zu ihren Füßen saß, drehte sich nach ihr um und überfiel sie mit Worten, die nicht gerade freundlich klangen. Verständlich, denn die Gondel fing an zu schwanken.

»Wait!«, rief Sofia, der das völlig egal zu sein schien. *»Please! Un momento! Speak together!«*

Ein mulmiges Gefühl stieg in mir auf. Wollte sie mir klarmachen, dass ich gefälligst die Finger von Fabio lassen sollte? Darauf konnte ich gut und gern verzichten.

»Sorry, keine Zeit«, murmelte ich auf Deutsch und eilte weiter.

»Ella, *speak*!«, gellte ihre Stimme, und als ich wieder einen Blick über die Schulter warf, sah ich, dass sie mit dem Ruder fuchtelte, immer knapp am Kopf des Gondoliere vorbei. War sie vollkommen verrückt geworden? Und warum nahm der Mann ihr nicht das Teil aus der Hand?

Nur einen Wimpernschlag darauf durchpflügte ein Wassertaxi den Kanal. Es zischte an der Gondel vorbei und die zurückschwappende Bugwelle ließ sie heftiger schaukeln. Sofia fuchtelte mit den Armen, sie schimpfte auf Italienisch, der Gondoliere brüllte etwas dazwischen, aber zu spät: Wie von einem unsichtbaren Lasso gezogen, kippte sie zur Seite und fiel in den Kanal.

Wasser spritzte auf.

Jemand schrie.

Von irgendwoher drang Gelächter.

Geistesgegenwärtig pfefferte ich meine Tasche auf die Stufen, um Sofia hinterherzuspringen, aber der Gondoliere war schneller. Mit einem Platsch landete er im Wasser, im selben Augenblick tauchte Sofia, nach Luft japsend, wieder auf. Ein Passant war stehen geblieben und feuerte den Gondoliere an, der Sofia am Kopf gepackt hatte und aus dem Wasser zog.

Ich stand wie gelähmt da und wusste nicht, was ich tun sollte. Immer mehr Gaffer strömten herbei, zwei von ihnen knieten sich an die Uferkante und halfen, die pitschnasse Sofia an Land zu holen. Dann saß sie auf den Steinen, schlug beschämt die Hände vors Gesicht und ihre Schultern bebten. Mich hatte sie anscheinend vergessen.

In Zeitlupe griff ich nach meiner Tasche und ging weiter. Immer noch puckerte mein Herz in einem nervösen Beat. Einerseits war ich erleichtert, dass nichts Schlimmeres passiert war, andererseits hatte ich den Anflug eines schlechten Gewissens. Hätte ich Sofia nicht die kalte Schulter gezeigt, wäre das alles nicht geschehen.

Auf dem Campo del Ghetto Nuovo lehnte ich mich gegen den Brunnen – das Shirt klebte mir am Rücken – und rief Matilde an. Hoffentlich hatte sie ihr Handy wieder zurück und konnte rangehen. Zunächst passierte nichts, erst nach dem sechsten Klingeln meldete sie sich.

»Alles klar«, sagte sie, »ich hab Beatrice gerade noch erwischt. Bist du im Café?«

»Nein, auf dem Campo im Ghetto. Aber ich komm nicht mehr zurück. Treffen wir uns im Hotel?«

»Wieso, was ist passiert?«

In knappen Worten berichtete ich Matilde von Sofias Sturz in den Kanal.

»Oh mein Gott, die Arme!« Matilde stieß einen gurgelnden Laut aus. »Ich möchte ja nicht in diese modrige Brühe fallen.«

»Und ich möchte nicht überall Sofia begegnen«, erwiderte ich.

»Hau dich aufs Ohr, Süße, okay? Ich bin gleich bei dir.«

Wir legten auf, und in dem beruhigenden Gefühl, dass meine kuschelige Matratze, Biscotto und mein Berliner Bär ganz in der Nähe waren, machte ich mich auf den Weg.

8. August, Abend – Eine Trattoria in Cannaregio

Meine Mutter hatte die Idee gehabt. Nur wir beide, ein Abend zu zweit. Und ich durfte das Lokal aussuchen. Ich war nicht unbedingt in Ausgehstimmung, aber ich wollte ihr den Gefallen tun und schlug meine Lieblingspizzeria bei uns um die Ecke vor. Seit wir in Venedig waren, hatten wir keine Minute für uns gehabt. Meistens gluckte ich mit Matilde zusammen, was ich sehr genoss, und Mama verbrachte Zeit mit ihrer Schwester. Bei den Mahlzeiten saßen wir dann zu fünft um den Holztisch in der Wohnküche. Das war immer urgemütlich. Es zog mich nicht in die Trattorien und Restaurants, in denen die Touristen zu überteuerten Preisen aßen.

Gegen halb acht brachen wir auf, ich normal in Jeans und T-Shirt, meine Mutter in einem knallroten Kleid, das sie in einem der Läden rund um Rialto gekauft hatte. Sie sah toll aus mit dem hochgesteckten Haar, jung und frisch, nicht so verhärmt, wie sie manchmal in München nach einem langen Arbeitstag wirkte.

Im Außenbereich der Pizzeria war noch ein Tisch frei, und als das Essen vor uns stand, wurde mir bewusst, wie schön es war, einen Tochter-Mutter-Abend zu verbringen. So wie wir das in München häufiger machten. Futtern, quatschen, Leute gucken.

Mum erzählte in epischer Breite von irgendwelchen Kirchen und Kathedralen, die sie sich in Padua angesehen hatten.

»Interessiert dich nicht so?«, fragte sie, weil ich nichts dazu sagte.

»Doch«, erwiderte ich, obwohl viele Kirchen etwas Furchteinflößendes für mich hatten. In Venedig ging ich oft nur hinein, um mich kurz von der Sommerhitze abzukühlen.

»Und was habt ihr so gemacht?« Sie schob sich einen Happen Pizza in den Mund.

»Das Übliche. Rumlaufen, fotografieren, Eis essen, Sonne tanken.«

Ich hatte meiner Mutter bisher nichts von den verwirrenden Begegnungen mit Fabio erzählt und war mir auch nicht sicher, ob ich es tun sollte. Garantiert kam sie mir dann mit neugierigen Fragen oder Ratschlägen, die ich im Moment nicht hören wollte.

Sie musterte mich, ihre Gabel, an der ein Käsefaden hing, schwebte in der Luft.

»Was ist denn?«, fragte ich.

»Ich mach mir Sorgen um dich. Du wirkst in letzter Zeit so ... abwesend. Was ist los?«

»Nichts.«

»Wenn es wegen deines Vaters und des Berlin-Trips ist ... Das tut mir wirklich sehr leid.«

Stimmt, da war ja noch was. Im Laufe des Tages hatte ich kaum an das unerfreuliche Gespräch von heute Morgen gedacht. Ich pickte eine Olive von der Pizza und schob sie mir in den Mund.

»Erzähl mal. Wie war euer Telefonat?«

»Kurz.«

Mum lachte. »Typisch dein Vater.«

Das stimmte. Papa telefonierte nicht gern. Im Gegensatz zu meiner Mutter, die bei ihren Freundinnen nie ein Ende finden konnte. Trotzdem versetzte es mir jedes Mal einen Stich, wenn er mich mit einem lang gezogenen *Also guuut* abwürgte.

»Was hat er denn so gesagt?«, fuhr sie fort. »Herrje, lass dir doch nicht alles aus der Nase ziehen.«

»Er meinte, wir reden noch mal drüber.«

»Worüber?«

»Ob ich vielleicht doch noch nach Berlin fahre.«

Meine Mutter legte ihre Hand auf meinen Unterarm. »Ach, wirklich? Hat er das so gesagt?«

»So daneben bin ich noch nicht, dass ich mir den Wortlaut meiner Telefongespräche ausdenke.«

»Weiß ich doch.« Sie zog ihre Hand wieder weg und aß mit angespannter Miene weiter. »Hat er dir von dem Film erzählt, den er gerade vorbereitet?«

»Ja. Krimi. Kompliziert und stressig. Wie immer.«

»Und sonst?«

»Nichts sonst. Oder sollte ich irgendwas wissen?«

Sie holte tief Luft, dann atmete sie geräuschvoll aus. »Er ist so ein Feigling.«

»Was hat er mir denn verheimlicht?« Ihr Gedruckse ging mir auf die Nerven.

»Also gut, er wird mich umbringen, ich hab ihm versprochen, dir nichts zu sagen, aber ...« Ihre Pupillen flitzen hin und her. »Dein Vater hat eine neue Freundin.«

Ein Stück Aubergine fiel von der Gabel. Ich klaubte es vom Schoß und legte es auf den Teller zurück.

Es war seltsam, aber ich spürte – nichts. Keine Wut, keine Enttäuschung, einfach nichts. Als hätte jemand meine Gefühle schockgefroren.

»Tut mir leid, mein Schatz.«

Meine Mutter aß mit gesenktem Kopf weiter und auch ich wandte mich wieder der Pizza zu.

»Wie heißt sie?«, fragte ich, nachdem ich einen Bissen hinuntergewürgt hatte.

»Sidney Savanna.«

»Bitte?«

»Ja, die Arme kann ja auch nichts dafür. Sie ist Schauspielerin.«

Alles klar. Wahrscheinlich hatte er sie beim Dreh kennengelernt. Etwas in meinem Kopf hakte aus. Und dann spürte ich doch was. Enttäuschung und jede Menge Wut. Mein Magen krampfte sich zusammen, Übelkeit stieg in mir auf und ich hoffte, mich nicht gleich übergeben zu müssen.

»Alles in Ordnung, Ella?«

Ich atmete ein paarmal tief in den Bauch, dann hatte ich mich wieder im Griff. Arme Mama, es tat mir so leid für *sie*! Hinter der Fassade ihres Showlächelns war immer die leise Hoffnung aufgeblitzt, mein Vater würde eines Tages zu ihr zurückkehren. Obwohl er sie wegen ihres Delikatessenladens belächelt hatte. Hobby für gut situierte Hausfrauen hatte er es genannt, was ich schon damals ziemlich gemein von ihm gefunden hatte.

»Warum hat er es mir nicht erzählt?«, fragte ich. »Ich hätte es doch sowieso irgendwann erfahren.«

»Weil er feige ist. Wie immer.« Mum biss sich auf die Unterlippe. »Ich dachte, er würde es heute endlich tun.«

Trotzig säbelte ich ein Stück aus der Mitte der Pizza. Es tat weh, dass sich mein Vater lieber vergnügte, statt mit mir durch Berlin zu ziehen. Sehr weh sogar. Aber ich ließ es nicht zu, dass er mir den Appetit verdarb. Und auch meine Ferien würde ich mir nicht von ihm kaputt machen lassen.

Meine Mutter fuhr fort, dass er seine neue Flamme nicht etwa bei einem Film-Event oder am Set, sondern im Supermarkt am Kühlregal kennengelernt hatte.

»Bitte«, sagte ich und hob abwehrend die Hände.

Ich wollte nichts weiter dazu wissen. Es interessierte mich nicht.

Als kurz darauf der Nachtisch serviert wurde – wir hatten Pannacotta und Tiramisu bestellt –, legte sie ein Lächeln auf. »Ich hab übrigens eine Überraschung für dich.«

»Ja?« Ich probierte erst die Pannacotta, dann das Tiramisu. Himmlisch! Genau das Richtige an diesem verkorksten Tag.

»Ich hab ihn gefunden.«

»Wen? Stefano?«

Sie nickte und strahlte übers ganze Gesicht.

»Ah, cool«, presste ich hervor.

»Seine Gondel liegt tatsächlich am Markusplatz. Er war nur immer mit Touristen unterwegs, wenn ich vorbeigekommen bin.

»Und wie war's?«, fragte ich beiläufig. Ich wollte mir nicht anmerken lassen, dass alles in mir flatterte.

»Sehr nett. Stefano hat mir einen Espresso ausgegeben. Er besteht darauf, uns zu einer Gondelfahrt einzuladen.«

»Nein!«

Meine Mutter sah mich ohne Wimpernschlag an. »Und warum nicht?«

»Deswegen. Ich will es eben nicht. Du weißt doch, dass ich nicht auf diesen Gondelquatsch stehe.«

Eine Falte tauchte zwischen Mums Augenbrauen auf. »Schade. Aber vielleicht überlegst du es dir noch mal.«

»Nimm doch Tante Anne mit.«

»Das ist nicht dasselbe.«

Meine Mutter zog das Schälchen Pannacotta zu sich heran und löffelte schweigend. Nach einer Weile sagte sie: »Ich glaube, Fabio würde sich auch freuen, dich wiederzusehen.«

Da war sie offenbar die Einzige.

»Das glaube ich kaum.«

Ich schob das Dessert von mir und verschwand auf der Toilette. Als ich zurückkam, lag schon die Rechnung auf dem Tisch. Meine Mutter fischte gerade einen Fünfziger aus ihrem Portemonnaie, schob ihn in die lederne Mappe, dann klappte sie sie zu und sah mich herausfordernd an.

»Was ist? Sag bloß, du hast schon eine Gondelfahrt für uns klargemacht?«

»Natürlich nicht. Wenn du nicht magst ... Ich würde dich niemals zwingen.«

»Und warum guckst du so?«

»Was hast du plötzlich gegen Fabio?« Ihre Mundwinkel hoben sich leicht. »Im Taxi habt ihr die ganze Nacht durchgeredet.«

»Die halbe. Und davon haben wir noch zwei Stunden Vivaldi gehört.«

Mamas Augen schienen zu lächeln, als sie mich ansah. »Gibt es da etwas, das du mir erzählen möchtest?«

»Können wir bitte das Thema wechseln?«

Wenn sie weiter bohrte, würde ich mir noch alles von der Seele reden. Und darauf hatte ich, obwohl meine Mutter ab und zu meine Kummer-Anlaufstelle Nummer eins war, nicht die geringste Lust.

»Na gut, du musst ja nicht. Aber wenn du etwas loswerden willst, ich bin für dich da.«

»Danke, Mama«, sagte ich, und als wir später aufbrachen, hakte ich mich bei ihr wie bei einer Freundin unter.

Es tat so gut zu wissen, dass sie immer ein offenes Ohr für mich hatte. Anders als mein Vater, der sich im Zweifelsfall doch nur selbst der Nächste war.

9. August, Vormittag – Auf dem Weg zur Giudecca

Es war fast Mittag, als Matilde und ich endlich loskamen. Erst hatten wir ausgiebig mit meiner Mutter und Tante Anne gefrühstückt, danach wie jeden Morgen beim Abtragen des

Büfetts geholfen, und während sich Matilde fertig machte, hatte ich Rosa geschrieben. Sie vermisste mich und reagierte manchmal mit einem Anflug von Eifersucht, wenn ich ihr nicht regelmäßig Bericht erstattete. Klar, sie war wegen der Sache mit Fabio total aus dem Häuschen und wollte jedes Detail wissen, aber ich hatte keine Lust, ihr immer nur von den am Ende enttäuschenden Begegnungen zu schreiben. Denn davon wurde ich bloß noch trauriger.

»Wohin geht's?«, fragte ich, während wir in die Gasse traten. Der Himmel leuchtete tintenblau, ein kräftiger Wind blies von der Lagune und ließ unsere Röcke flattern.

Matildes Mundwinkel hoben sich. »Ich dachte, wir fahren auf die Giudecca.«

Ich kannte die lang gestreckte Insel, die ein paar Bootsminuten vom Markusplatz entfernt lag, nur aus der Ferne. Massimo hatte mir mal erzählt, dass sein Onkel dort eine Bar betrieb und die Cicchetti zum Niederknien lecker waren.

»Beatrice jobbt in einer Fotogalerie an der Kasse«, fuhr meine Cousine fort. »Sie würde sich riesig freuen, wenn wir vorbeischauen.«

Fotogalerie klang nach einer willkommenen Ablenkung.

»Ella!« Carla kam, mit einem Brief wedelnd, angelaufen.

»Ich hab ganz vergessen, ihn dir zu geben!«, fuhr sie auf Italienisch fort. »Den hat heute Morgen ein junger Mann für dich abgegeben.«

Bitte, nein! Hörte das denn nie auf? Eine Schnitzeljagd war witzig. Veräppelt zu werden, weniger.

Ich bedankte mich artig, nahm den Brief – wie üblich trug er keinen Absender – und marschierte los. Matilde hatte Mühe, mit mir Schritt zu halten.

»Willst du ihn nicht lesen?«

»Weiß nicht«, sagte ich, während die Geräusche der vorbeituckernden Boote in meinen Ohren überlaut dröhnten.

»Also, ich wäre ja schon neugierig.«

Ich lachte auf. »Okay, wo will er mich denn heute hinlocken? Zum großen Finale auf den Campanile? Nein danke, Matilde. Kein Bedarf.«

»Los, mach ihn auf. Wegwerfen kannst du ihn immer noch.«

Vielleicht um Matilde einen Gefallen zu tun, vielleicht um den neugierigen Teil in mir zu befriedigen, fuhr ich an der nächsten Wegbiegung mit dem Finger unter die Lasche, riss den Umschlag auf und zog eine Postkarte raus. Es war eine Schwarz-Weiß-Aufnahme vom Markusplatz, schätzungsweise in den Fünfzigerjahren des letzten Jahrhunderts aufgenommen.

»Wow!« Matilde kam im Gehen dicht an mich heran. »Der Absender teilt schon mal dein Hobby.«

»Fotografieren ist nicht mein *Hobby*. Es ist mein Lebensinhalt.«

»Schon gut, weiß ich ja.« Sie kitzelte meinen Nacken.

Ich versuchte, cool zu bleiben, als ich die Karte umdrehte, aber mein Herz galoppierte los. Der Text war auf Englisch verfasst, die Handschrift hatte mit der auf den vorigen Zetteln keine Ähnlichkeit.

»Hi Ella«, las ich. *»Ich wollte dich schon gestern fragen, aber ich hab mich vor den anderen nicht getraut. Ich würde dich sehr gern auf ein Getränk auf dem Markusplatz einladen. Heute Abend um acht vorm Florian? Ich warte auf dich. Massimo.*

Unfähig, einen klaren Gedanken zu fassen, hielt ich meiner Cousine die Karte hin. Die brauchte nur eine Sekunde, um den Text zu überfliegen, und lachte schallend auf. »Wie süß! Massimo! Na klar! So, wie er dich die ganze Zeit angehimmelt hat.«

Eine klebrige Masse Irgendwas klumpte sich in meinem Magen zusammen, formte sich zu einem immer schwerer werdenden Brocken.

Matilde blieb vor einem Schuhgeschäft stehen, zurrte ihren Pferdeschwanz fest am Hinterkopf zusammen und strich sich das Haar glatt.

»Hm«, machte sie.

»Überlegst du, ob auch die anderen Nachrichten von ihm sind?«

Matilde nickte. »Aber warum schreibt er jetzt auf Englisch? Und dann noch in einer anderen Schrift? Außerdem ...« Sie wiegte den Kopf hin und her. »Woher sollte er von Fabios Lieblingsbank wissen? Irgendwie unlogisch, oder?«

»Vielleicht haben alle Kinder früher dort ihre Süßigkeiten versteckt?«

Matilde lachte auf. »Na, die Bank möchte ich sehen! Zumal er dir nie davon erzählt hat. Oder hat er das?«

Ich verneinte.

»Ella?« Matilde öffnete leicht den Mund und ihre Zahnspange blitzte im Sonnenlicht. »Ganz ehrlich, ich komm da nicht mehr mit.«

Ich auch nicht. Schon die ganze Zeit nicht. Wer auch immer hinter den Nachrichten steckte, hatte lange genug sein Spiel mit mir getrieben. Also traf ich eine Entscheidung: Ich würde heute Nachmittag ein allerletztes Mal auf den Campo San Bartolomeo gehen. Fabio hatte doch gesagt, dass er häufiger da war. Wenn er es nur ansatzweise ernst gemeint hatte, würde er kommen. Wenn nicht, war die Sache gelaufen und ich konnte mich später immer noch mit Massimo auf dem Markusplatz treffen.

»Und?«, fragte Matilde, während sie die Ladentür aufstieß. »Was willst du machen?«

Während mein Blick über die Regale schweifte, erzählte ich ihr von meinem Entschluss.

»Klingt vernünftig.« Sie stupste mich an. »Massimo ist übrigens ein echt netter Typ. Und ein Ferienflirt ist doch auch nicht zu verachten.«

Ein Ferienflirt mit Massimo. Vielleicht hatte Matilde recht und das war genau das Richtige für einen Urlaub in der schönsten Stadt der Welt. Pech nur, dass ich so gar nichts von ihm wollte. Weil nach wie vor immer nur Fabio in meinem Kopf war.

Matilde nahm ein Paar pinkfarbene Sneakers in Größe zweiundvierzig aus dem Regal.

»Wie findest du sie?«

»Ziemlich pink.«

»Also, gut pink oder schlecht pink?«

»Eher schlecht pink, aber dir stehen sie bestimmt.« Da Matilde ein sportlich lässiger Typ war, wirkten diese Farben bei ihr nie lächerlich.

Matilde probierte die Sneakers. Sie fand sie megacool, behielt sie gleich an und blätterte einen Hunderter hin.

»Ist dein Taschengeld erhöht worden?«, fragte ich verwundert.

»Nein, unseres.« Sie reichte mir von dem Wechselgeld den Fünfziger. »Von Mama. Weil wir immer beim Büfett helfen.«

»Aber das ist doch selbstverständlich!«

»Nein, ist es nicht. Du hast Ferien.«

Ich wollte Matilde den Schein zurückgeben, schließlich wohnten meine Mutter und ich kostenlos bei meiner Tante und meinem Onkel, doch Matilde ließ es nicht zu. »Wenn du das Geld nicht annimmst, darfst du dich heute Abend nicht zu Hause blicken lassen.«

Ich lachte und legte den Fünfziger zu Massimos Postkarte und zu Fabios Zeichnung, die ich heute Morgen eingesteckt hatte. Bisher hatte ich sie nicht entsorgt und ich wusste auch nicht, ob ich es noch tun würde. Eines Tages würde das Porträt ein Andenken an eine ziemlich turbulente Zeit in meinem Leben sein.

Wir zogen ohne Eile weiter, stöberten in ein paar Boutiquen, an denen wir vorüberkamen, und aus einer Laune heraus leistete ich mir ein blaues T-Shirt mit einem goldenen Gondelaufdruck. Ja, es sah ein bisschen kitschig aus, Matilde brauchte gar nicht so blöd zu grinsen, aber ihre pinkfarbenen Turnschuhe waren auch nicht ohne.

Kurz hinter der Ponte dell'Accademia griff sie sich an die Ferse und verzog schmerzhaft das Gesicht. »Mist, ich glaub, ich hab eine Blase.«

»Wie bitte? Das sind Sneakers! Da darf überhaupt nichts drücken.«

Sie lächelte schuldbewusst. »Ich wollte sie unbedingt haben. Ehrlich gesagt, sind sie ein bisschen zu eng. Hast du ein Pflaster dabei?«

Ich nickte. In Venedig zog ich nie ohne ein Notfallset, bestehend aus Sonnencreme, Traubenzucker und Pflastern, los.

Matilde steuerte eine Bank an. Zufall oder Absicht, es war *Fabios Bank*, die jetzt auch zu meiner Schicksalsbank geworden war.

»Nur kurz den Fuß verarzten«, sagte Matilde, als sie mein Augenrollen bemerkte. »Die Bank kann übrigens nichts dafür. Und sie beißt auch nicht.«

»Lass uns einfach nicht mehr drüber reden, okay?«

»Okay.« Matilde holte tief Luft und sagte: »Apropos: Massimo küsst gar nicht mal so übel.«

Ich blieb abrupt stehen. »Du hast Massimo geküsst?«

»Wir uns. Angetrunken. Auf einer Schulfete. Ist aber schon ewig her.« Matilde ließ sich auf die Bank fallen und zog sich die Sneakers und Socken aus. »Wir hatten damals beschlossen, es nicht in die Welt zu posaunen. Deshalb hab ich dir nichts davon erzählt.«

Ich setzte mich neben sie. »Und wolltet ihr es nicht miteinander probieren?«, fragte ich.

Matilde schüttelte den Kopf.

»Warum nicht?«

»Massimo hatte damals eine Freundin, und ich ... keine Ahnung, ich war einfach nicht in ihn verliebt.«

»Und mir willst du ihn zum Zeitvertreib unterjubeln.«

Matilde fing an zu kichern und ich kicherte mit ihr. Je länger ich darüber nachdachte, desto absurder erschien mir die Vorstellung, mit Massimo auf dem Markusplatz auf romantisch zu machen.

Während meine Cousine sich die Blase verarztete, sah ich dem Treiben auf dem Canal Grande zu. Ein Vaporetto tuckerte vorüber; wie versteinert wirkende Menschen standen dicht und dicht und schauten auf die Paläste.

Gedankenverloren wanderte meine Hand unter die Bank, nur einen Sekundenbruchteil danach schrie ich auf und meine Finger zuckten zurück.

»Was ist?«

»Da klebt wieder was!«

Matilde lachte gellend auf. »Guter Witz!«

»Nein, da ist wirklich was.«

»Und worauf wartest du noch?«

Klopfenden Herzens kniete ich mich vor die Bank, lugte darunter und erspähte eine Papierhülle. Ich knibbelte das Tesa ab, dann zog ich einen weißen mit Röschen verzierten Briefumschlag hervor. Oben rechts stand mein Name in einer verschnörkelten Handschrift. Nur war diesmal keine Süßigkeit daran befestigt.

Mit zittrigen Fingern öffnete ich das Kuvert und nahm den Brief heraus. Ich konnte mir einfach keinen Reim darauf machen. Warum sollte mich Fabio nach unserem gestrigen *Nicht-halb-nicht-ganz*-Gespräch wieder irgendwohin locken? Das ergab doch alles keinen Sinn!

»Liebe Ella, las ich laut vor. *Komm heute (9. August!) um fünfzehn Uhr fünfzehn zum Servizio Gondole an die Markusplatz.*

Wieder ein Grammatikfehler ... Das sprach gegen Fabio.

»Viertel nach drei am Markusplatz. Heute.« Meine Cousine sah auf ihr Handy. »Das würden wir schaffen.«

Ich dachte nach. Was, wenn Massimo am Markusplatz auf mich wartete? Oder irgendein anderer Typ, der mich kein bisschen interessierte? Andererseits musste ich das Rätsel lösen. Damit es endlich aufhörte. Und ich den Rest meiner Sommerferien, so gut es eben ging, genießen konnte.

Ich atmete tief ein und wieder aus. »Okay, wir gehen hin. Und danach belohnen wir uns mit einem Eis. Oder wir fahren auf die Giudecca. Hast du Lust?«

»Ich bin dabei!«

Matilde schlüpfte in den pinkfarbenen Turnschuh, dann zuckelten wir los.

»Tut's noch weh?«, fragte ich.

Meine Cousine bewegte sich so tänzelnd, als würde sie über glühende Kohlen laufen.

»Halb so wild.«

»Wenn jetzt wieder niemand Tolles auftaucht und mir eine Liebeserklärung macht, hake ich die Sache ab«, erklärte ich. »Ein für alle Mal. Und dann setze ich mich auch nie wieder auf diese dämliche Bank.«

Meine Cousine grinste schief und ich blieb stehen. Eben in der Sekunde war mir ein Gedanke gekommen. Und zwar ein ziemlich verrückter.

»Matilde?« Ich sah sie forschend an. »Hast du vielleicht was damit zu tun?«

»Ich?« Ihre Augen weiteten sich. »Nein! Natürlich nicht!«

»Du kanntest Fabio nicht zufällig schon?«

Sie lachte schallend. »Ganz sicher nicht. Sonst hätte ich dich sofort zu ihm geschleppt. Oder ihn zu dir. Darauf kannst du Gift nehmen.«

Ihr Smartphone klingelte, sie ging ran und formte mit den Lippen den Namen Beatrice. »Ah, sì, *va bene*, ciao.«

Das Telefonat hatte nicht mal eine halbe Minute gedauert und Matilde steckte ihr Handy wieder weg. »Beatrice hat Kopfschmerzen und ist schon auf dem Nachhauseweg. Sie wollte nur Bescheid geben, dass sie nicht an der Kasse sitzt. Wir können natürlich trotzdem später rüberfahren.«

Ich zuckte mit den Schultern. »Eigentlich muss ich da auch nicht unbedingt hin. Vielleicht gehen wir ein anderes Mal in die Ausstellung. Wenn's nicht so heiß ist.«

Es war wirklich heiß. Meine Haare klebten im Nacken, der Schweiß lief mir in Rinnsalen die Beine hinab und auch Matilde fächerte sich unentwegt Luft zu. Um uns abzukühlen, traten wir in eine schattige Gasse.

»Außerdem wird es knapp, wenn wir nach dem Markusplatz noch auf den Campo San Bartolomeo wollen«, fuhr ich fort.

Matilde nickte mir zu. »Weißt du, was ich an deiner Stelle tun würde?

»Nein, aber du sagst es mir sicher gleich.«

»Fabio am Goldoni-Denkmal so lange anketten, bis er endlich damit rausrückt, was Sache ist.«

Ich lachte, in derselben Sekunde spürte ich, wie mir etwas auf den Kopf klatschte. Ein Regentropfen? Ich blickte nach oben, doch der Himmel war so wolkenlos wie vor ein paar Minuten. Ich hörte Tauben gurren, und als ich auf den Boden sah, bemerkte ich, dass alles voller Taubenkot war.

»Igitt, bitte nein!«, schrie ich und war mit einem Satz aus der Gasse.

»Was ist los?«

»Hab ich da was?« Ich tippte mir auf den Hinterkopf.

»Wie, was soll denn da sein?«

»Taubenschiss!«

Ich musste mich nicht mal beugen, Matilde konnte auch so meinen Schopf inspizieren.

»Äh ja, das sieht zu achtundachtzig Prozent nach Taubenschiss aus.«

»Achtundachtzig Prozent? Was soll das denn heißen?«

»Ja, es ist Taubenschiss.«

Matilde nahm ein Taschentuch und die Wasserflasche aus ihrem Rucksack und wischte über meinen Scheitel.

»Ist es weg?«

»Ja, zu achtundachtzig Prozent.«

Ich schnappte ihr die Wasserflasche weg, bückte mich und kippte das Wasser über meinem Kopf aus.

»Was soll das jetzt werden?«, fragte Matilde.

»Haare waschen?«

Ich kam wieder hoch, schleuderte meine Haare nach hinten und schüttelte sie mangels Kamm oder Bürste.

»Warte, da ist auch noch was.«

Im Nu hatte Matilde ein frisches Taschentuch zur Hand und bearbeitete meine Schulter.

»Jetzt bist du wieder taufrisch. Also, fast.«

Ich verzog das Gesicht. »Und so muss ich jetzt zum Markusplatz.«

»Du siehst ganz entzückend aus. Ehrlich.«

Matilde schaute mich mitleidig an, im nächsten Moment brach sie in Gelächter aus. Klar, es war ja auch unheimlich witzig, von einer Taube bekackt zu werden. Und in diesem Zustand auch noch durch die halbe Stadt tigern zu müssen.

Aber das Leben war nicht fair. Nie. Und manchmal bekam man es eben am eigenen Leib zu spüren.

9. August, Nachmittag – Am Markusplatz

Matilde hatte mich über Schleichwege zum Markusplatz gelotst. Dass wir schon da waren, merkte ich erst, als wir an den noblen Boutiquen vorbeikamen, in denen die Schönen und Reichen shoppten. Wir ließen den Eckschuhladen hinter uns, dann tauchten wir aus der Gasse auf und wie jedes Mal blieb ich überwältigt stehen. Der Markusdom erhob sich majestätisch gegen den königsblauen Sommerhimmel, unbeeindruckt davon, dass auf der Piazza Touristen wie Ameisen umherwuselten. Tauben flattern auf, sie schossen in waghalsigen Manövern durch die Luft und ich duckte mich, um nicht noch einmal so ein Geschoss abzukriegen.

»Kommst du?«, sagte Matilde, weil meine Schritte immer schleppender wurden.

»Ich sehe unmöglich aus. Meine Haare sind nass und dreckig, und mein T-Shirt ist es auch.«

»Du hast ein frisches dabei. Sogar mit einer schicken goldenen Gondel drauf.«

»Sehr witzig.«

Matilde lachte. »Dein Verehrer wird es verkraften.«

Vermutlich war es sowieso nicht Fabio. Er konnte es gar nicht sein! Erst ließ er mich stehen, um am nächsten Tag einen Briefumschlag mit Röschen unter *seine* Bank zu kleben? Das war absurd! Zumal er nicht davon ausgehen konnte, dass ich dort überhaupt nachschaute.

Ich sah auf mein Handy. Es war zehn nach drei. Ich hakte Matilde unter und lief entschlossen los. Am Campanile und am Gran Caffè Chioggia vorbei Richtung Markusbecken. Auf der Höhe des Eiscafés blieb ich stehen und scannte die Anlegestelle. Die Gondolieri standen in einem Grüppchen zusammen, und dann erspähte ich Fabios Vater.

»Oh nein!«, zischte ich Matilde zu.

»Was?«

»Der mit den Locken. Das ist Fabios Vater. Stefano.«

Kaum hatte ich seinen Namen ausgesprochen, entdeckte er mich und winkte mir fröhlich zu.

»Ciao, Ella! Du kommst genau richtig!«, rief er.

Übers ganze Gesicht strahlend wies er mit dem ausgestreckten Arm auf seinen Kollegen, der sich am Bug seiner Gondel zu schaffen machte. Ich sah erst nur den Gondoliere-Hut, im nächsten Moment richtete sich der Typ auf und ich stutzte: War das nicht der Mann, der Sofia das Rudern beigebracht hatte?

Nur einen Wimpernschlag darauf erhielt ich die Antwort: Superwoman kroch, eine Chipstüte zusammenknüllend, unter dem Sitz hervor und warf sie in einen Müllsack am Ufer. Der Gondoliere wechselte ein paar Worte mit ihr, dann schnellte ihr Blick zu mir. Zwei, drei endlose Sekunden verstrichen, bevor sie aus der Gondel kletterte. Dabei ließ sie mich nicht aus den Augen, musterte mich mit Raubtierblick. Trotz der Hitze fühlte es sich an, als würden mir Eiswürfel den Rücken hinabklimpern. Mir wurde übel.

Bevor ich die Flucht ergreifen konnte, formte Stefano mit den Händen einen Trichter und rief: »Ella! Nicht weggehen!«

Ich guckte Matilde an, die die Achseln hob. In meinem Magen murrte es immer heftiger und meine Beine fühlten sich weich wie Tramezzini-Brot an.

»Ich glaub, ich muss da mal kurz Hallo sagen.«

»Ja, wäre nett.«

Ich wunderte mich, dass meine Beine mich überhaupt trugen, als ich mich in Zeitlupe in Bewegung setzte. Stefano zu begrüßen, war eine Sache. Eine andere, dass ich nicht die geringste Lust auf Sofia hatte.

Ein paar Meter weiter drückte Matilde mir plötzlich ihren Ellbogen in die Rippen.

»Guck mal da.« Sie wies mit dem Kinn nach rechts und ich folgte ihrem Blick. Zunächst sah ich nur braune Beine, die aus abgeschnittenen Jeans hervorlugten. Danach ein weißes, sehr weites Hemd, nachlässig in die Hose gestopft. Und schließlich den ganzen Rest: Wilde Locken. Eine runde Sonnenbrille mit breitem Rand. Leicht geöffnete Lippen.

Ich fürchtete, ohnmächtig zu werden, und griff nach Matildes Arm.

Fabio blieb stehen. Er fuhr sich durch die Haare, wiegte den Kopf unmerklich hin und her. Nur eins tat er nicht: lächeln.

Ich lächelte ebenfalls nicht. Stand wie einbetoniert da und starrte ihn an.

Er sah umwerfend aus.

Hammermegaknüllerumwerfend.

Ich sollte auf ihn zugehen. Aber ich konnte es nicht. Es war, als wäre ich an unsichtbare Ketten gelegt.

»Ella?«, sagte Matilde. Sie klang, als befände sie sich Kontinente von mir entfernt.

Vielleicht war ein halbes Leben vergangen, vielleicht auch nur eine Sekunde, als Fabio auf dem Absatz kehrtmachte und den Weg zurücklief, den er gerade gekommen war.

Irgendwas lief mächtig aus dem Ruder.

»Fabio!«, gellte Stefanos Stimme.

»Ma che imbecille!«, rief Sofia.

Sie rollte mit den Augen, dann spurtete sie hinter ihm her und packte ihn am Arm. Italienische Worte prasselten auf ihn nieder. Er hob abwehrend die Hände. Sein Blick huschte zu mir, glitt wieder zu Sofia, im nächsten Moment steuerten die beiden Händchen haltend auf uns zu.

Was ging hier eigentlich vor sich? Und wollte ich das überhaupt so genau wissen? Langsam war ich mir nicht mehr so sicher.

Die zwei kamen näher. Fabio sah mich an und ich ihn, und alles in meinem Kopf begann sich zu drehen. Nur noch ein paar Schritte und sie waren da.

Was in den Sekunden darauf passierte, bekam ich nur wie durch einen Nebelschleier mit. Sofia warf Matilde eine Entschuldigung hin, schnappte sich meine Hand und bugsierte mich und Fabio zur Gondel, die sie eben noch vom Müll befreit hatte. Der Gondoliere zog mich hinein und wies mir einen Platz zu. Fabio stolperte, etwas auf Italienisch brabbelnd, hinter mir her, dann faltete er sich neben mir auf dem Sitz zusammen.

»Viel Spaß«, sagte Superwoman auf Deutsch, doch ich schaffte es nicht, etwas zu erwidern.

Mein Mund war staubtrocken. Aber auch Fabio brachte

kein Wort raus. Was vielleicht daran lag, dass er mit seinen Locken beschäftigt war, die ihm immerzu ins Gesicht fielen. Das alles war so irreal! Wie in einem Traum, in dem ein absurdes Geschehnis das vorherige ablöste.

Ich hörte Stefano lachen. Möwen kreischen. Motoren brummen.

Mein Kopf glühte, in meinen Ohren rauschte es, und bevor mein Körper wieder auf Normalbetrieb umstellen konnte, setzte sich die Gondel lautlos in Bewegung. Ich warf einen Blick über meine Schulter. Matilde, Stefano und Sofia standen an der Anlegestelle, schauten uns hinterher und ich konnte mir immer weniger einen Reim auf das alles machen.

Ich sah zu Fabio.

Der schaute demonstrativ weg.

»Fabio?«, sagte ich. »Warum sitzen wir hier in dieser Gondel?«

Er zuckte die Schultern. »Ich dachte, du könntest es mir verraten.«

»Ich sehe furchtbar aus«, sagte ich, als wäre das eine passende Antwort.

»Tust du nicht.«

»Doch. Ich hab Taubenkacke in den Haaren. Und auf der Schulter. Und wollte gerade nach Hause. Duschen. Frische Sachen anziehen.«

Fabio lachte heiser.

»Ich musste meine Haare mit Mineralwasser ausspülen«, fuhr ich fort. »Und hab nicht mal einen Kamm dabei, um sie durchzukämmen.«

Was faselte ich da nur? Das war doch im Moment ganz egal.

»Macht nichts«, erwiderte er. »Alles gut.«

»Warum wolltest du eben abhauen?«

»Ich weiß nicht ... ich ...« Er nahm die Sonnenbrille ab und setzte sie gleich wieder auf. »Ich dachte, ich pack das nicht.«

»Was?«

»Dass da alle rumstehen. Papà, Sofia, Sofias Dad, deine Freundin ...«

»Der Gondoliere«, ich wies unauffällig mit dem Daumen hinter mich, »ist das Sofias Vater?«

»Ja. Sofia will Gondoliera werden. Aber es ist sehr schwer für ein Mädchen in Venedig.«

Ich nickte nur. Es gab viele Menschen, über die ich in diesem Moment, der trotz meiner Aversion gegen das Gondelfahren doch irgendwie romantisch war, nicht reden wollte. Und Superwoman stand an allererster Stelle.

Fabio nahm die Sonnenbrille wieder ab und lächelte mich an. Ich hatte ihn lange nicht lächeln sehen und mir wurde bewusst, wie sehr ich es vermisst hatte. Irgendwie war alles gut, wenn er mich nur anlächelte.

Ich wandte verlegen den Blick ab, guckte auf meine Knie, die ich, damit Fabio mit seinen langen Beinen mehr Platz hatte, zusammenpresste. Ich schielte auf seine Jeans und auf seine Waden, sah die blonden Härchen auf der braunen Haut in der Sonne schimmern, und eine Gänsehaut kroch mir über die Arme.

»Fabio?«, sagte ich und schaute ihn an. Er hatte seine Sonnenbrille ins Haar gesteckt und ich glaubte in seine blauen Augen zu fallen.

»Ja?«

»Ich muss dich was fragen.«

»Ich dich auch«, entgegnete er.

»Und was?«

»Du zuerst.«

Ich holte tief Luft und sagte: »Hast du die Zettel geschrieben? Und unter die Bank geklebt?«

Schweißperlen traten Fabio auf die Stirn. Sie waren winzig, aber ich hätte sie, zusammen mit den wenigen Sommersprossen auf seiner Nase, zählen können.

»Du weißt schon«, half ich ihm auf die Sprünge. »Diese Bank in der Nähe der Accademia-Brücke am Canal Grande.«

»Nein.« Er schüttelte heftig den Kopf und ein Schmerz flammte in meiner Brust auf.

»Das Gleiche wollte ich dich auch gerade fragen«, fuhr er fort.

»Wie bitte? Du hast auch solche Zettel bekommen?«

»Nein, nur heute einen Brief. Er steckte bei mir zu Hause im Briefkasten.«

Die Gondel bog in einen stillen Seitenkanal ein. Dabei rutschte ich aus Versehen ein Stück zur Seite und unsere Oberarme berührten sich. Ein Stromstoß ging durch meinen Körper, aber ich zuckte nicht wie gestern auf dem Campo zurück. Und auch Fabio tat nichts, um den Körperkontakt zu beenden. Ich roch das modrige Wasser, das sich mit Fabios Limetten-Rosmarin-Duft vermischte, und spürte die Hitze zwischen unseren Armen. Als würde dort Lava glühen.

»Ich versteh das alles irgendwie nicht«, sagte ich, aber es war mehr ein Krächzen.

»Ich ... ich auch nicht. Ich sollte heute hierherkommen. Du auch?«

Ich nickte.

»He! Fabio!«, rief der Gondoliere.

Fabio drehte sich nach ihm um, es folgte ein Wortschwall, von dem ich keine einzige Silbe verstand.

»Was hat gesagt?«

»Dass er gern für uns singt, wenn wir wollen.«

»Wehe! Dann springe ich ins Wasser.«

»Ich erst recht. Hab ich ihm schon verklickert.« Fabio lachte.

Wir sahen uns an, ich verspürte ein Ziehen im Bauch und musste mich beherrschen, ihm nicht in die Locken zu fassen. Jetzt fiel es mir wieder ein. Damals im Traum hatte ich ihn nicht nur geküsst, sondern ihm auch die Haare verwuschelt.

Sofias Vater schwatzte wieder drauflos, doch es gelang mir nicht mal, ein paar Brocken aufschnappen.

»Was wollte er?«

»Ich soll ... wart mal ...« Fabio beugte sich zu mir rüber und seine Hand verschwand unter meinen Sitz. Ich ließ ihn machen. Weil er so wunderbar duftete. Nach einem Eau-de-Toilette, aber irgendwie auch nach ihm.

Er tastete den Bereich unter meinem Sitz ab. Plötzlich stieß er ein lang gezogenes *Ahh!* aus, kam wieder hoch und hielt mir einen Brief hin. Es war ein weißer Umschlag mit kleinen Röschen. Und in einer schnörkeligen Schreibschrift, die mir sehr vertraut war, stand dort *PER ELLA E FABIO.*

9. August, später am Nachmittag – Im Labyrinth der Kanäle, irgendwo in Venedig

Jetzt saß ich also in einer Gondel. Dicht neben Fabio.

Nichts wäre mir noch vor einer Stunde absurder vorgekommen.

Ich schaute auf die alten Gemäuer, an denen das Wasser nagte, dann wieder auf Fabio und auf den Umschlag in seiner Hand. Es fühlte sich an, als würde mein Kopf implodieren.

Zögerlich griff ich in das Seitenfach meiner Tasche, die ich neben meinen Knien abgestellt hatte, und angelte nach der Nachricht von heute Morgen. Gleichzeitig schob Fabio seine Hand in die Gesäßtasche seiner Shorts und hielt mir einen Pulsschlag darauf einen zerknitterten Umschlag hin. Das gleiche Rosenpapier.

»Verstehst du das?«, sagte ich mit belegter Stimme.

»Äh ja ... Ich hab da so einen Verdacht.«

»Dai! Avanti!«, rief uns der Gondoliere von hinten zu.

Ich drehte mich um. Er stand, das linke Bein vorm rechten gekreuzt, am Ruder und reckte grinsend den Daumen in die Höhe.

Fabio zögerte einen Mikroaugenblick, bevor er den Umschlag aufriss. Er nahm den gefalteten Briefbogen heraus und strich ihn auf seinen Knien glatt. Meine Pupillen flitzten über das eng beschriebene Blatt, doch ich konnte nichts entziffern.

»Magst du mitlesen?« Fabio schob den Brief ein Stück in meine Richtung.

»Kannst du übersetzen?«

»Okay.«

Fabios Stirn kräuselte sich, er befeuchtete sich die Lippen, dann fing er stockend an zu sprechen:

»Liebe Ella, lieber Fabio. Ihr ... ihr beiden seid solche Armleuchter, dass man sich nur an den Kopf fassen kann.«

Er räusperte sich.

»Ja, ihr habt richtig gelesen«, fuhr er fort. *»Mir würden auch noch wüstere Beleidigungen für euch einfallen, aber das will ich euch ersparen. Es ist sieben Uhr morgens, ich sitze bei einem Caffè am Küchentisch und hoffe, dass ich es heute schaffe, euch beide in die Gondel meines Daddys zu verfrachten. Wo ihr ... ähm ... wo ihr nicht voreinander weglaufen könnt.«*

Mein Herz hämmerte. »Das glaube ich nicht«, flüsterte ich. »Der Brief ist ... von ihr?«

»Ich fürchte, ja.« Das Blatt zitterte in Fabios Händen, die mir, obwohl wir uns gerade erst zwei Wochen kannten und erst ein paar wenige Gespräche geführt hatten, so wahnsinnig vertraut waren.

Er hielt mir den Zettel hin und ich drehte ihn um.

Sofia stand am Ende des Textes.

Superwoman, tatsächlich.

Das Mädchen, von dessen Existenz ich in diesem Leben lieber nichts gewusst hätte.

»Warum schreibt uns deine Freundin einen Brief? Und warum beschimpft sie uns so?«

»Sie ist nicht meine Freundin. Also, Freundin im Sinne von *Freundin*, du weißt schon ...«

»Du bist nicht mit ihr zusammen?«

Fabio griff sich in die Locken und knetete sie. »Nein, natürlich nicht. Aber sie ist meine allerbeste Freundin. So wie es auch ein Freund wäre.«

Ich holte tief Luft. Es dauerte ein paar Sekunden, bis die Info in meinem Hirn angekommen war.

»Sofia steht nicht auf Jungs. Sie hatte bis vor Kurzem eine Freundin. Aber die hat mit ihr Schluss gemacht, weil sie es unweiblich findet, dass Sofia Gondoliera werden will. Grotesk, oder?«

Ich nahm meine Wasserflasche aus der Tasche und trank einen Schluck. Sofia, Superwoman, die mir die ganze Zeit ein Dorn im Auge gewesen war, war Fabios Kumpel-Freundin? Warum zur Hölle hatte er sich im Zug nicht klarer ausgedrückt?

Ich spürte einen Windhauch auf meinem Arm. Es war Fabios Hand, die mich für einen Sekundenbruchteil mit den Fingerspitzen berührt hatte. »Alles in Ordnung, Ella?«

»Ja ... ja!«

Ich lachte erleichtert auf. Und schaute in den Himmel, der sich muranoglasblau über Venedig wölbte. Es gab so vieles, was ich Fabio fragen wollte. Zu Sofia und ihrer Ex-Freundin. Und zu uns. Das vor allem. Zu all den Missverständnissen, die die ganze Zeit zwischen uns gestanden hatten. Aber im Moment wünschte ich mir nur, dass er übersetzte.

»Weiter«, bat ich ihn.

Fabio schob sich die Sonnenbrille ins Haar, wischte sich über die Stirn und kratzte sich an der Schläfe. Als wollte er sich davor drücken, fortzufahren. Ich konnte ihn gut verstehen. Mir wäre es kaum anders ergangen, hätte Matilde oder Rosa die Zeilen für uns zu Papier gebracht.

»Damit ihr Bescheid wisst …« Fabios Stimme klang rau. *»Ich war's. Ella, ich habe all die Zettel geschrieben und mit den Süßigkeiten unter die Bank geklebt. Und die Nachricht, Fabio, die du heute bekommen hast, war auch von mir.«*

Ich lachte auf. »Sie hat nicht mal ihren Namen druntergeschrieben?«

»Nein!« Wie zur Bekräftigung schüttelte Fabio die Locken. »Ich hab auf ein Mädchen aus meiner Schule getippt, das ziemlich schräg drauf ist, und eigentlich wollte ich auch gar nicht herkommen.« Trotz der Sonnenbräune wirkte er aschfahl, als er sich wieder über den Brief beugte. *»Ich konnte mir zwar nicht sicher sein, dass du die Zettel findest, Ella«*, übersetzte er weiter, *»aber ich habe es inständig gehofft. Und es hat ja auch funktioniert. Also, fast. Zumindest hast du immer wieder unter Fabios Lieblingsbank nachgesehen. Er hat mir erzählt, dass ihr im Taxi darüber geredet habt.«*

Ja, aber ohne Matildes Blase am Fuß hätte ich heute ganz sicher nicht noch mal dort nachgeschaut, ging es mir durch den Kopf.

»Fabio, du hast dich wahrscheinlich gewundert, dass ich dich in letzter Zeit ständig zu irgendwelchen Unternehmungen überredet habe. Obwohl du doch viel lieber an deinem Comic arbeiten wolltest. Das habe ich alles nur eingefädelt, weil ich hoffte, dass Ella aufkreuzt. Und dass ihr endlich miteinander redet. Richtig redet, verstehst du? Trotzdem ist mein Plan nicht zu hundert Prozent aufgegangen. Weil du, Fabio (sorry, ich hab

dich wirklich sehr lieb), ein Riesentrottel und ein feiger Hund bist. Und wahrscheinlich wird man dich auch als feigen Hund begraben, wenn du nicht endlich über deinen Schatten springst und Ella die Wahrheit sagst.«

Er brach ab. Ich sah verwirrt zu ihm rüber. Was für eine Wahrheit sollte er mir sagen? Ich suchte Fabios Blick, aber er starrte auf seine sonnengebräunten Knie. Ein roter Fleck in Form des italienischen Stiefels zog sich über seinen Hals.

»He«, flüsterte ich. »Du musst das hier nicht machen.«

»Doch, Ella. Der Brief ist ja auch an dich gerichtet.«

Ein Motorboot brauste vorüber, die Gondel schwankte und ich hielt mich reflexartig an Fabios Arm fest.

»Über dich, Ella, weiß ich nicht viel«, fuhr er fort, ohne seinen Arm wegzuziehen. *»Ob es diesen blonden, gut aussehenden Freund, von dem Fabio mir erzählt hat, wirklich gibt. Oder ...«* Er holte Luft. *»Oder ob er ihn sich nur eingebildet hat.«*

Elias, schoss es mir durch den Kopf. Fabio hatte auf der Zugfahrt die Fotos gesehen und angenommen, dass er mein Freund ist. So wie ich geglaubt hatte, dass Sofia seine Freundin ist.

»Elias ist mein Ex«, murmelte ich. »Nur mein Ex.«

Es zuckte um Fabios Mundwinkel, dann beugte er sich wieder über den Brief: *»Doch selbst wenn es ihn gibt, Ella, ich habe zufällig mitbekommen, wie du Fabio angesehen hast. So schaut man jemanden nur an, wenn man ...«*, Fabio hüstelte in die Hand, *»bis über beide Ohren verknallt ist. Ich wollte dich gestern darauf ansprechen. Als ich dich in Cannaregio von der Gondel aus gesehen habe. Aber du bist ja einfach abgedampft.«*

Die Hitze schoss mir ins Gesicht. Sofia hatte ja so recht. Es war dumm von mir gewesen, wie ein aufgeschrecktes Huhn davonzulaufen. Dumm und feige.

Fabio ließ den Brief sinken. Ich merkte, wie sich sein Bein an meinem unmerklich bewegte. Er saß so dicht neben mir, dass ich glaubte, seinen Herzschlag zu spüren.

»Hat Sofia dir das erzählt?«, fragte ich.

»Ja, aber ich dachte, sie wäre einfach nur beim Üben ins Wasser gefallen.«

»Avanti, ragazzi!«, rief der Gondoliere.

Wir blickten uns um und er nickte uns aufmunternd zu.

Ich hatte es fast vergessen ... dass wir Seite an Seite in einer Gondel saßen, wo sich Verliebte aneinanderschmiegten, sich aber ganz sicher nicht den entlarvenden Brief einer Freundin vorlasen. Ob er eingeweiht war? Ob er uns verstand?

»Weiter?«, fragte Fabio.

»Ja.«

Ich lehnte mich zurück und musterte, während Fabios Augen über die Zeilen flogen, seinen samtbraunen Nacken, auf dem die blonden Härchen in der Sonne leuchteten. Am liebsten hätte ich ihn angefasst, gestreichelt und geküsst, aber ich traute mich nicht.

»Ella«, dolmetschte Fabio, *»es kann sein, dass du alles abstreitest, okay, dann habe ich eben eine hundsmiserable Menschenkenntnis. Und auch du, Fabio, willst vielleicht nichts mehr davon wissen wollen, wie du mir nach der Taxifahrt von Ella vorgeschwärmt hast. Zitat: Ich hab noch nie ein Mädchen getroffen, das so tiefgründig wie Ella ist und so himmlisch duftet, dass ich die ganze Zeit kurz davor war, über sie her-*

zufallen. Okay, der Wortlaut war nicht ganz derselbe, aber so ähnlich.«

Fabio sah mich an. »Ähm ... soll ich den Rest auch noch übersetzen?«

Ich nickte.

»*Entschuldigt bitte, dass ich euch einfach so in die Gondel meines Vaters gesetzt habe. Ich hätte euch auch in eine Raumkapsel stecken können, hatte aber gerade keine griffbereit. Und anders hättet ihr es ja nie kapiert. Fabio, ich hab dir so oft gesagt, geh zu ihr und sag ihr, wie toll du sie findest. Aber weil du auf stur gemacht hast, bin ich auf die Idee mit den Zetteln gekommen. Ella, du solltest denken, dass sie von Fabio sind. Und du, Fabio, solltest glauben, dass diese ständigen ›zufälligen‹ Begegnungen mit Ella ja wohl nur ... ähm ... Schicksal sein können. Smiley.*«

Fabios Blick wanderte zu mir.

»Also, sie hat einen Smiley hingemalt.«

»Schon verstanden«, sagte ich, während lauter rosa Herzen vor meinem inneren Auge aufploppten.

»*Wann begreift ihr beide endlich*«, sprach Fabio weiter, »*dass es etwas sehr Kostbares und Besonderes ist, Gefühle für jemanden zu haben? Echte, explosive Wahnsinnsgefühle. Und dass man schön blöd ist, wenn man sich das aus irgendwelchen Gründen, die kein Mensch nachvollziehen kann, nicht eingestehen will. Also: Falls ich nicht komplett danebenliege, fasst euch jetzt an den Händen, küsst euch, macht von mir aus Kinder ...*«, Fabio hüstelte wieder verlegen, »*Hauptsache, ihr gesteht euch ENDLICH ein, wie gern ihr euch habt. Liebste Grüße, eure Sofia.*«

Fabio faltete den Brief zusammen und schob ihn akkurat in den Umschlag zurück.

Einige Augenblicke verstrichen. Ich roch das leicht modrige Lagunenwasser, lauschte dem Ruderschlag des Gondoliere und spürte die Wärme, die Fabios Körper verströmte. Es war, als wären wir ganz allein auf der Welt. Die Bewohner Venedigs und die Touristen, ja selbst die Tauben, schienen verschluckt zu sein. Minuten später, vielleicht waren es nur Sekunden, spürte ich, wie sich eine Hand in meine schob, und mein Herz quoll über.

Wahrscheinlich drehte sich die Welt auch wieder weiter, denn ich hörte den Gondoliere applaudieren, irgendwo kläffte ein Hund und ein Wassertaxi überholte uns hupend.

»Ella«, sagte Fabio eine Oktave tiefer als gewöhnlich.

»Ja?«

Er schwieg. Griff sich in die Locken. Atmete tief ein und aus.

»Fabio, du ... du musst jetzt nichts sagen.«

»Aber ich will. Ich hab lange genug nichts gesagt.« Er strich mit dem Daumen über meinen Handrücken und lächelte mich an. »Sofia hat recht. Ich bin ein Volltrottel, ein Idiot und so feige, dass es mir manchmal selbst wehtut.«

Ich schüttelte den Kopf, doch Fabio legte mir den Zeigefinger auf die Lippen. »Seit der Nacht im Taxi ist keine Minute vergangen, in der ich nicht an dich gedacht habe. Morgens beim Aufwachen war mein erster Gedanke: du. Im Laufe des Tages: immer wieder du. Und abends konnte ich kaum einschlafen, weil du immerzu in meinem Kopf warst.« Er lachte unsicher auf. »Bescheuert, oder?«

Nein, das war nicht bescheuert. Das war überhaupt nicht bescheuert, doch ich brachte keinen Ton heraus. Ich merkte nur, dass es immer glitschiger zwischen unseren Handflächen wurde und ich kaum glauben konnte, dass wir hier wie eins dieser Touristenpärchen saßen und uns gegenseitig anschmachteten.

»Ich hab versucht, dagegen anzugehen, weil ich ja dachte, dass du einen Freund hast, aber ...« Er brach ab.

»Aber was?«

»Es hat nicht funktioniert. Immer wenn ich an dich gedacht habe, hatte ich Ohrensausen und mein Magen hat verrücktgespielt, und ich hab mir nichts sehnlicher gewünscht, als mit dir in eine Gondel zu steigen und durch die Kanäle zu gleiten.«

»Was wir ja gerade tun.«

»Was wir ja gerade tun«, wiederholte Fabio. »Ich hatte Angst, dass du mich auslachen würdest, wenn ich ehrlich zu dir bin. Weil ich ja nicht wusste, ob du genauso für mich empfindest. Oder ob Sofia sich das alles nur ausgedacht hat.«

»Nein, Fabio, das hat sie nicht.«

Und dann tat ich etwas, das ich noch heute Morgen für vollkommen undenkbar gehalten hätte. Ich legte meine Hand in Fabios Nacken und küsste ihn auf den Mund. Und er küsste mich zurück. Erst zögerlich, ja tastend, schließlich entschiedener. Es fühlte sich aberwitzig schön an, Nugateis essen bei *Nico* war nichts dagegen. Und während wir so dasaßen und uns in der unbequemen Gondel total verrenken mussten, hörte ich den Gondoliere klatschen. Aber es war mir egal, weil das, was ich mit Fabio tat, das Wunderbarste war, was ich jemals erlebt hatte.

9. August, Abend – Hotel *LA BELLA VITA*

Es war unser erster gemeinsamer Abend und den wollten Fabio und ich allein verbringen. Mit Küssen, Reden, Händchenhalten und uns tief in die Augen blicken.

Alle hatten Verständnis. Matilde, die sich wie verrückt für mich freute. »Endlich, endlich, ENDLICH!«, hatte sie jubiliert, als ich gefühlte Stunden später total aufgelöst im Hotel aufgelaufen war. Dann meine Mutter, die schon die ganze Zeit so etwas geahnt hatte. Weil ich jedes Mal, wenn es um Stefano und seine Gondel gegangen war, so verdruckst reagiert hatte. Mein Onkel und meine Tante grinsten nur in sich hinein und Rosa, der ich alles in einer Nachricht brühwarm erzählt hatte, schickte mir lauter Herzchen- und Küsschen-Emojis.

Mein Herz war im Dauerflatter-Modus. So, als hätte ich Espresso aus einem Sangria-Eimer getrunken. Dabei war es nur ein Liter Wasser. Danach hatte ich geduscht, den Bob in Form geföhnt und das blaue T-Shirt mit dem goldenen Gondelaufdruck angezogen, das ich am Morgen geshoppt hatte. Es war irgendwie doch ziemlich hübsch und das einzig frische Kleidungsstück, das ich noch im Schrank hatte.

»Soll ich dir was von mir leihen?«, fragte Matilde mich mit schief gelegtem Kopf.

»Sehe ich doof aus?«

»Nein, zuckersüß.« Sie gab mir ein Küsschen aufs Haar. »Aber auch ein bisschen unspektakulär.«

»Dann ist es genau richtig«, erwiderte ich lachend.

Ich hatte nicht vor, mich für diesen Abend herauzuputzen. Fabio kannte mich *unspektakulär* und es hatte ihn nicht davon abgehalten, sich in mich zu verlieben. Weil andere Dinge entscheidender waren, als einen Jungen mit dem Outfit zu beeindrucken.

Ich tupfte mir etwas Lipgloss auf die Lippen, da fiel es mir ein.

»Oh nein!«, rief ich.

»Was ist denn jetzt los?«

»Ich hab Massimo total vergessen! Hast du seine Nummer?«

Matilde schüttelte den Kopf.

»Beatrice vielleicht?«

»Glaub nicht.«

Ich stöhnte. »Selbst schuld, wenn er sie nicht auf die Karte schreibt, oder?«

»Weißt du was?« Matilde nahm ihre Haare zurück und band sie im Nacken zusammen. »Ich geh schnell hin. Damit er nicht so blöd auf der Piazza rumsteht.«

»Das würdest du wirklich machen?«

»Klar. Hab ja eh nichts vor.«

Traurig schob sie die Unterlippe vor. Und ich konnte sie gut verstehen. Tagelang hatte sie alles darangesetzt, dass Fabio und ich zusammenkamen, nun fürchtete sie vielleicht, bei mir abgemeldet zu sein. Doch das war Quatsch. Sie war mir immer wichtig. Egal, ob ich einen Freund hatte oder nicht.

»Keine Angst«, sagte ich und legte meinen Arm um sie.

»Ich werde ganz bestimmt nicht die ganze Zeit mit Fabio rumhängen.«

»Aber es wäre voll in Ordnung, wenn du es tust.«

Matilde war eine wunderbar großherzige Freundin. Immer dachte sie zuerst an andere und blieb dabei so manches Mal selbst auf der Strecke.

Sie verabschiedete sich, zum Markusplatz brauchte sie eine gute halbe Stunde, wenn sie zu Fuß lief. Ich trödelte ein Weilchen in ihrem Zimmer herum und spielte mit Biscotto, dann ging ich ins Badezimmer rüber und warf einen Blick aus dem Fenster. Es war erst Viertel vor acht – um acht waren wir verabredet –, aber Fabio stand schon unten vorm Hoteleingang und checkte sein Handy.

In derselben Sekunde piepte mein Smartphone. Es war Fabio.

Fabio: Ich freu mich so auf dich!

Ich: <3

Fabio: Ich weiß schon gar nicht mehr, wie du aussiehst …

Ich: Oh! Dann guck am besten mal hoch.

Ich lehnte mich etwas weiter aus dem Fenster. »He, Fabio!«

»Ella!« Er winkte mir zu. »Tut mir leid, ich bin zu früh. Lass dir ruhig Zeit.«

»Bin schon fertig.«

»Umso besser. Dann haben wir zehn Minuten länger zusammen.«

»Oder zwanzig, wenn wir noch mal zehn Minuten hinten dranhängen«, rief ich in die Gasse hinunter.

Fabio lachte und hauchte mir einen Luftkuss zu, dann flog ich klopfenden Herzens die Treppenstufen hinab.

9. August, Abend – Irgendwo in Cannaregio

Es war so unwirklich, so sensationell schön, dass ich immer wieder einen Lachflash bekam, während Fabio und ich Arm in Arm durch die Gassen in Cannaregio bummelten.

Wir setzten uns in eine Bar am Kanal, tranken Mineralwasser mit Pfefferminzsirup und fütterten uns gegenseitig mit Cicchetti. So lange, bis wir satt waren. Und das waren wir ziemlich schnell. Frisch verliebt bekam ich kaum einen Bissen hinunter. Und Fabio schien es ganz genauso zu gehen.

»Alles okay?«, fragte er.

Ich hatte den Kopf in den Nacken gelegt und schaute in den Sonnenuntergangshimmel, der in flammenden Rottönen explodierte.

»Ja. Das heißt, nein.«

Er sah mich fragend an.

»Ich halt's irgendwie gerade nicht aus.«

Ich strich über die Schulternaht an seinem T-Shirt.

»Es ist ... ziemlich schön mit dir.«

»Finde ich auch«, erwiderte er. »Richtig schön. Und das noch mal hoch zehn.«

Es war gerade erst vierzehn Tage her, dass Fabio in mein Leben gestolpert war, aber mir kam es wie ein halbes Leben vor.

»He!« Ich boxte ihn.

»Was?«

»Du darfst mich jetzt übrigens küssen. Also, wenn du Lust hast.«

»Hab ich natürlich nicht, aber wenn's sein muss ...« Fabio hob grinsend die Schultern.

Eine alte Frau, die einen geblümten Kittel über dem schwarzen Kleid trug, schlurfte an uns vorbei. Kaum war sie außer Sichtweite, beugte Fabio sich zu mir runter und tat, wonach ich mich schon die ganze Zeit gesehnt hatte.

Das Küssen war überhaupt so eine Sache. Fabio küsste auch ohne flammende Sonnenuntergänge überwältigend. Weich und zärtlich. Hitzig und unersättlich. Besonders und irgendwie einmalig. Von mir aus hätte es in dieser Sekunde regnen, schneien und stürmen können, es hätte keinen Unterschied gemacht.

Wir bezahlten, dann spazierten wir Arm in Arm weiter, fanden am nördlichsten Zipfel Venedigs, im Neubaugebiet, eine Bank. Ich war noch nie hier gewesen und fragte mich, warum Matilde mir diesen wenig spektakulären Teil von Venedig noch nie gezeigt hatte.

Eine Weile saßen wir nur da und schauten auf die Lagune, die wie flüssiges Gold glänzte. In Richtung Nordwesten sah man die Ponte della Libertà, auf der Ameisenautos lautlos hin- und herfuhren. Wieder küssten wir uns. Weil wir es kaum aushielten, zusammen zu sein und es nicht zu tun.

Als wir nach endlosen Sekunden, vielleicht auch Minuten zu Atem kamen, fragte ich Fabio endlich, was ich schon die ganze Zeit von ihm hatte wissen wollen.

Warum er sich jedes Mal, wenn wir uns über den Weg gelaufen waren, so merkwürdig benommen hatte.

»Weil ich genau der Idiot bin, den Sofia in ihrem Brief beschrieben hat.« Er rückte ein Stückchen von mir ab und fuhr mit den Fingerspitzen über meine Ohren. »Schüchtern, feige, verklemmt.«

Ich lächelte ihn an. Schüchtern und verklemmt? Davon war beim Küssen weder das eine noch das andere zu spüren.

»Warum grinst du so?«

»Nur so.«

»Was hast du gedacht?«

»Du hast schöne Locken.«

»Und deine Haare ...« Fabio strich mir über den Kopf. »Sie sind wie Seide.«

Ich musste grinsen. Weil mir das viele Leute sagten und ich es immer ein bisschen seltsam fand.

»Darf ich dir noch ein Kompliment machen?«, fragte ich.

»Na klar!«

»Aber nicht lachen.«

Er schüttelte so heftig den Kopf, dass seine Locken flogen.

»Deine Augen ...« Ich zeigte ihm den blauen Muranoglas-Ring, den ich am allerliebsten trug. »Sie haben exakt die gleiche Farbe.« Fabio sah mich ohne die kleinste Regung an. Plötzlich hoben sich seine Mundwinkel ein paar Millimeter. »Eigentlich hab ich's gleich gewusst ... Schon damals im Zug.«

»Was?«

»Dass du was ganz Besonderes bist.« Ein samtweiches

Küsschen landete auf meinen Lippen, gefolgt von einer Glückswelle, die durch meinen Körper rauschte. So etwas Schönes hatte noch nie jemand zu mir gesagt. Und ich wusste in diesem Augenblick, dass ich den Satz für immer und ewig in meinem Gedächtnis wie in einem Schmuckkästchen verwahren würde.

Ich lehnte meinen Kopf an Fabios Schulter. Er nahm meine Hand, drehte den Glasring an meinem Mittelfinger und so sahen wir zu, wie sich die Dunkelheit mehr und mehr über die Lagune legte.

»Du hast bestimmt gedacht, ich hab kein Interesse an dir, oder?«, sagte er in die Stille.

»Ich hab gedacht, du bist mit Sofia zusammen.« Ich nahm meinen Kopf von seiner Schulter. »He! Ihr wart am Eiscafé total innig miteinander. Was hätte ich da sonst denken sollen?«

»Du warst da?«

Ich nickte.

»Ich hab dich nicht gesehen.«

»Weil ich mit Matilde in Deckung gegangen bin. Ja, ich weiß, das war albern von mir. Aber ich konnte mir ja nicht sicher sein, dass nicht irgendein Verrückter auf mich wartet.«

Fabio lachte auf.

»Und als Sofia dich geküsst hast«, fuhr ich fort, »bin ich ganz schnell abgehauen.«

Fabio nickte seinen Knien zu. »Sie hat mich nicht *geküsst.* Also, im Sinne von *küssen.*« Er grinste mich kurz an. »Wir geben uns manchmal ein Küsschen auf die Wange oder umarmen uns, aber das hat nichts weiter zu bedeuten. Du darfst mich jetzt gern steinigen.«

»Will ich gar nicht.« Versonnen strich ich über das Lederarmband an seinem Handgelenk. »Aber gestern auf dem Campo hätte ich es am liebsten getan.« Ich sah ihn an und seine Augen wirkten schwarz. »Du hast mich einfach stehen lassen, als deine Freunde gekommen sind.«

Fabio blähte die Backen auf. Es war still. Nur ab und zu hörte man die Lagune plätschern und murmeln.

»Ich weiß. Das ist total dumm gelaufen. Ich war ... irgendwie überfordert. Der ganze Tag war furchtbar stressig. Ich hatte Streit mit meinem Vater, dann bin ich los, um zur Rialtobrücke zu fahren ...«

»Ich hab dich gar nicht gesehen.«

»Weil ich zu spät gekommen bin. Zu der angeblichen Verabredung mit Sofia. Papà fing immer wieder damit an, dass er mir endlich das Gondelfahren beibringen will. Sofia wäre ja schon viel weiter, bla, bla, bla. Ich bin richtig sauer geworden, und da hab ich dann das Vaporetto verpasst.«

»Aber du warst nicht zu überfordert, um mit deinen Freunden zu reden?«

Fabio Augenbrauen rückten enger zusammen. »Enzos Vater ist im Krankenhaus. Er ist vorgestern operiert worden. Ich wollte mich erkundigen, wie es ihm geht.«

»Oh, das tut mir leid. Das wusste ich nicht.«

Fabio sah mich geknickt an. »Ich war furchtbar traurig, als du dann plötzlich weg warst.«

Er grub in der Gesäßtasche seiner Jeans und zog ein Blatt hervor. »Hier. Schenk ich dir.«

»Was ist das?«

»Guck selbst nach.«

Während Fabio mir mit der Taschenlampe seines

Handys leuchtete, faltete ich den Zettel neugierig auseinander.

Das war ja ich! Der kurze Bob. Der Mund mit der volleren Unterlippe. Der Flatterrock. Das Shirt, das halb aus dem Bund heraushing.

»Du hast mich gezeichnet«, sagte ich und spürte, wie sich das flatterige Gefühl des ersten Verliebtseins in etwas viel Tieferes verwandelte.

»Ja, gestern Abend im Bett. Damit ich nicht vergesse, wie du ausgesehen hast.«

Das war so unglaublich schön, dass ich mich zu Fabio rüberbeugte und ihn küsste. Und er küsste mich mit einem dieser tausendprozentigen Küsse zurück, und es war mir egal, was morgen sein würde. Diesen Abend konnte mir keiner mehr nehmen.

»Warst du das eigentlich neulich unter meinem Fenster?«, fragte ich, als wir mit erhitzten Wangen voneinander ließen.

»Du hast mich gesehen?« Er grinste wie ertappt.

»Ja, ich hatte gerade geduscht und das Fenster aufgemacht. Warum bist du nicht reingekommen und hast auf mich gewartet?«

»Na, warum wohl?«

»Diese Nummer von wegen schüchtern zieht bei mir nicht mehr, okay?«

Ich lachte, doch Fabio lachte nicht mit mir. Den Kopf gesenkt, erzählte er, dass er früher gestottert hatte.

»Davon merkt man gar nichts«, sagte ich.

»Ich war auch lange in Therapie.« Er rieb sich das leicht stoppelige Kinn. »Die Angst, dass es wieder passieren könnte, ist ab und zu noch da. Früher in der Schule bin ich deswegen ziemlich gemobbt worden, und Mädchen ansprechen ...« Er blies die Luft aus. »Das ging lange Zeit gar nicht.«

»Aber du hattest schon mal eine Freundin?«

»Ja, zwei sogar. Aber es war nichts Ernstes.«

Fabio hauchte mir einen Kuss auf dir Stirn. Das liebte ich so, diese beiläufigen Liebkosungen.

»Und du?«, fragte er. »Ich mein', wie war das mit deinem Ex? Und wieso ist er überhaupt dein Ex?«

Ich winkte ab. Eigentlich hatte ich keine Lust, die kostbare Zeit mit Gedanken an Elias zu verplempern.

»Du redest nicht gerne über ihn?«

»Er bedeutet mir nichts mehr.«

In knappen Worten erzählte ich, dass Elias nach einem halben Jahr Beziehung nach Dresden gezogen und die Luft ziemlich schnell raus war.

»Warum?«

»Ich weiß es nicht. Vielleicht konnte er es einfach nicht ... so auf die Entfernung mit mir zusammen sein.«

Wir sahen uns an und irgendwie fühlte ich mich plötzlich unbehaglich. Wie würde es mit uns nach den Sommerferien weitergehen? Ich in München, Fabio in Venedig, dazwischen lagen viele Kilometer und die Alpen.

Doch Fabio nahm meinen Kopf in seine Hände und küsste all meine *Was-wird-morgen-sein*-Bedenken weg. Das war nur gut so. Lieber ließ ich mich von ihm in den Arm nehmen und genoss das Gefühl, dass das alles hier, die Lagune und Venedig, nur uns gehörte.

Kurz bevor wir aufbrachen, schickten wir ein Selfie an Sofia. An unseren Engel, der uns mit den seltsamsten Botschaften, die je ein Mensch verfasst hatte, die richtigen

Spuren gelegt hatte. Wir grinsten beide selten dämlich in die Kamera, aber das war uns egal. Wir waren einfach nur überglücklich und dankbar. Weil wir uns ohne sie vielleicht bis zu unserem Lebensende im stillen Kämmerlein nacheinander verzehrt hätten. Ich hätte mich bei Rosa und Matilde ausgeheult, er sich bei Sofia, und das Leben wäre traurig an uns vorübergezogen.

10. bis 20. August – Überall in Venedig

Noch drei Wochen Ferien lagen vor mir. Einundzwanzig Tage, die ich wie eine mit Marzipanrosen und Zuckerherzen verzierte Sahnetorte Stück für Stück genießen wollte.

Wann immer das Wetter schön war, fuhren Matilde, Fabio und ich zum Baden auf den Lido. Ab und zu waren auch Sofia, Beatrice und ein paar von Fabios Freunden dabei. Bloß Massimo ließ sich nicht blicken. Er war gekränkt, wahrscheinlich auch in seiner männlichen Ehre verletzt, wie Matilde vermutete. Das tat mir ja auch wahnsinnig leid für ihn, nur konnte ich mir schlecht die Gefühle für ihn schnitzen, die ich für Fabio im Übermaß hatte.

Es waren wundervolle faule Tage. Wir badeten, dösten in der Sonne, hörten Vivaldi über Fabios Ohrhörer, und manchmal, wenn die anderen ins Wasser gingen, küssten wir uns heimlich oder flüsterten uns gegenseitig irgendwelche Albernheiten ins Ohr. Natürlich war ich gern mit Fabio allein, das waren meine kleinen Sternstunden, aber ich genoss auch die Zeit mit seinen Freunden. Ich mochte sie alle und am meisten schloss ich Sofia ins Herz. Sie war tough und vor allem wild entschlossen, sich nach der Schule die Gondoliere-Lizenz zu erarbeiten, was in der traditionellen Männerdomäne nicht leicht werden würde.

Vorerst setzte sie alles daran, dass es der romantischste

Sommer meines Lebens wurde. Nicht nur einmal bestand sie darauf, dass Fabio und ich uns zu Übungszwecken in die Gondel ihres Vaters setzten. Sie am Ruder, ihr Vater als Lehrer und Aufpasser. Ich wollte keine Spielverderberin sein und ließ mich darauf ein. Zumal Fabio und ich ein erprobtes Team waren. Er wusste, wie er am besten seine langen Beine zusammenfaltete, ich wusste, wie ich mich hinzusetzen hatte, sodass möglichst viel Körperkontakt zwischen uns bestand. Und falls wir doch untergehen sollten, wäre es nicht die schlechteste aller möglichen Todesarten.

Aber wir überlebten die erste Fahrt, die zweite und auch die dritte. Und als ich eines Nachts aufwachte, war ich plötzlich der Meinung, dass es kaum etwas Schöneres gab, als in einer Gondel durch die Kanäle Venedigs zu gleiten, nur den Klang des Wassers im Ohr. Zumindest, wenn man neben der richtigen Person saß. Und Fabio war richtig. Richtiger als richtig und als ich es mir jemals hätte vorstellen können. Statt Brückengeländer und Türknäufe verfolgte ich jetzt ihn mit meiner Spiegelreflexkamera. Am liebsten fotografierte ich ihn, wenn er still dasaß, sein Skizzenheft auf den Knien, und zeichnete. Er kniff dabei die Augen auf eine besonders niedliche Art zusammen und manchmal klemmte er sich mit einer ungeduldigen Geste eine Locke hinters Ohr.

Die Abende gehörten nach wie vor der Familie. Mit dem einzigen Unterschied, dass Fabio jetzt wie ein Familienmitglied mit am Tisch saß. Ich freute mich über die Großzügigkeit und Gastfreundschaft meiner Tante und meines Onkels. Stefano und seine Frau Maria revanchierten sich, indem sie Tante Anne, Onkel Thomas, meine

Mutter, Matilde und mich zum Essen ins Restaurant einluden.

Es gab üppige fünf Gänge, das dauerte eine ziemliche Weile, und während wir schlemmten, hatte ich Gelegenheit, Fabios Mutter kennenzulernen. Sie war klein und mollig und verströmte die Wärme eines Bollerofens. Zu späterer Stunde trafen wir uns zufällig im Toilettenvorraum. Wir plauderten über dies und das, und in einem Nebensatz gestand sie mir, wie gerne sie es hätte, wenn Fabio Kunst studieren würde.

»Aber Ihr Mann ist doch dagegen«, sagte ich.

»Das werden wir ja sehen«, entgegnete sie und zwinkerte mir zu. Sie sei zwar *nur* Hausfrau und würde somit zum Familieneinkommen nichts beitragen, aber in Wahrheit sei sie die heimliche Chefin der Familie. Stefano habe es bloß noch nicht begriffen. Das beruhigte mich. Gondoliere war sicher ein ehrenwerter Beruf, aber es wäre traurig, wenn Fabio darüber sein wirkliches Talent vergeudete.

Der Mond stand prall am Himmel und warf silbriges Licht auf den Kanal, als wir kurz nach dreiundzwanzig Uhr das Lokal verließen.

Mein Handy vibrierte in der Hosentasche. So spät? Um diese Uhrzeit rief nicht mal mehr Rosa an. Ich schaute aufs Display. Es war mein Vater.

»Papa«, raunte ich meiner Mutter zu.

»Dem fällt ja früh ein, sich bei dir zu melden.«

»Soll ich nicht rangehen?«

»Das musst du selbst entscheiden.«

Ich blickte zu Fabio. Der nickte mir aufmunternd zu und ich nahm ab.

»Na, mein Schatz?« Mein Vater klang munter. »Du schläfst noch nicht?«

»Doch, ich telefoniere immer im Schlaf«, entgegnete ich angespannt. »Ist meine Lieblingsbeschäftigung.«

Papa lachte. »Mama hat ja sicher mit dir geredet.«

»Ja, hat sie.«

»Ich war nicht aufrichtig zu dir, das tut mir sehr leid.«

»Mhm.« Aus dem Augenwinkel sah ich, dass Fabio besorgt zu mir rüberschaute.

»Ich bin frisch verliebt, da ist man manchmal nicht ganz zurechnungsfähig«, fuhr mein Vater fort.

Oh ja, das kannte ich sehr gut! Aber ich hatte keine Tochter, die ich mit meinem unreifen Verhalten verletzen konnte.

»Trotzdem, Ella, es ist unverzeihlich. Daher wollte ich dich fragen ...« Er räusperte sich. »Hast du Lust, mich in der letzten Ferienwoche zu besuchen?«

Ich sagte nichts. Lauschte Stefanos Gemurmel und Mamas klackernden Absätzen auf dem Pflaster.

»Bist du noch dran, Ella?«

»Ja, aber ich komme nicht.«

»Verstehe. Du bist sauer.«

»Ich *war* sauer. Jetzt nicht mehr.«

»Und warum willst du nicht kommen?«

Ich ließ die anderen vorgehen, dann flüsterte ich: »Weil ich frisch verliebt bin. Da ist man nicht mehr ganz zurechnungsfähig.«

Ich hörte meinen Vater lachen. »Im Ernst?«

»Ja, im Ernst.«

»Oh, das freut mich ja so für dich. Erzähl, Ella. Wer ist es? Wie sieht er aus? Ist er nett? Was macht er so?«

»Ein andermal, okay? Es passt grad nicht.«

»Ah, verstehe. Dann wünsche ich dir noch einen schönen Abend.«

»Ich dir auch.«

»Ella?«

»Ja?«

»Ich hab dich lieb.«

»Ich dich auch, Papa.«

»Wollen wir fest ausmachen, dass du mich in den Herbstferien besuchst? Du kannst auch Matilde mitbringen. Gern auch deinen neuen Freund. Oder beide. Ich hab ja genug Platz.«

»Oh ja, das wär ... toll.«

»Prima, dann freu ich mich auf dich. Oder auf euch.«

Wir legten auf und mit einem Grinsen im Gesicht steckte ich mein Telefon weg.

20. August, Nacht – Hotel *LA BELLA VITA*, Matildes Zimmer, Wohnküche

Ich lag im Bett und war hellwach. Als hätte ich zum Essen literweise Cola getrunken. Dabei war es nur Mineralwasser gewesen. Und ein Schluck Rotwein von meiner Mutter.

Ich strampelte das Laken beiseite, rappelte mich hoch und sah aus dem Dachfenster. Sterne blinkten in Lichtjahren Entfernung. Das Leben lief nicht immer glatt, aber im Moment schnurrte es wie ein schnittiger Sportwagen dahin. Dieses Gefühl wollte ich genießen und konservieren.

»Was ist?«, tönte Matildes kratzige Stimme in der Dunkelheit.

»Ich kann nicht schlafen.«

»Ich auch nicht.«

»Warum du nicht?«

»Ich weiß nicht.«

»Wegen der Herbstferien?« Ich hatte Matilde beim Zähneputzen von dem Vorschlag meines Vaters erzählt und sie hatte erwidert, dass es nicht nur an ihren Eltern, sondern auch am Geld scheitern könnte.

»Mama überredet Tante Anne und Onkel Thomas schon noch. Und Kohle kann ich dir leihen.«

»Musst du nicht. Vielleicht läuft bis dahin ja mein

Online-Taschenverkauf. Oder ich helfe an der Rezeption aus.«

»Das wäre so cool, Matilde! Wir beide in Berlin!«

»Aber würde ich nicht stören, wenn Fabio auch mitkommt?«

»Nein! Was du nur immer denkst!«

»Ihr seid immerhin ein Knutschpärchen. Mit Tendenz in Richtung ... na, du weißt schon ...« Sie kicherte leise.

»Na und? Erstens weiß ich gar nicht, ob er mitdarf, und zweitens ... He, wir haben das doch hier bisher auch ganz gut hingekriegt.«

Matilde kroch aus dem Bett, kam zu mir rüber und schlang ihren Arm um meine Taille.

»Ich freu mich so für dich, Kleine. Ich hoffe so sehr, dass es mit euch weitergeht. Trotz der Entfernung.«

Ich seufzte tief auf. »Das hoffe ich auch.«

»Hast du schon mit Fabio darüber gesprochen?«

Ich schüttelte den Kopf.

»Solltest du aber.«

»Mach ich noch. Ich fand's bisher irgendwie zu früh.«

Matilde legte ihr Kinn auf meiner Schulter ab. »Hast ja recht. Warte einfach noch ein paar Tage mit dem Heiratsantrag.«

»Blöde Bohnenstange!« Ich zwickte sie.

Natürlich musste ich mit Fabio reden. Wie er sich das in Zukunft mit uns vorstellte. Ob er sich überhaupt etwas vorstellte. Ich wollte ihn jedenfalls mit Haut und Haaren, und es war mir egal, dass die Alpen zwischen uns lagen. Entscheidend waren die Gefühle, die ich für ihn hatte, und die Gewissheit, dass sie mich durch jede noch so schwierige Lebenslage tragen würden.

»Und du?«, fragte ich und taxierte Matilde.

»Wie, was meinst du?«

»Du hast seit ein paar Tagen so verdächtig gute Laune!«

»Hab ich?«

Ich nickte.

»Äh ja, schon möglich.«

Ich rückte einen Schritt von Matilde ab. Auch im Schummerlicht konnte ich erkennen, dass sie lächelte.

»Wenn du nicht sofort sagst, was los ist, werde ich dich die ganze Nacht wach halten.«

»Das bin ich sowieso schon.«

Ich zog Matilde am Saum ihrer Unterhose zu meiner Matratze. Dort, in die Kissen gekuschelt, rückte sie damit raus: Dass Sofia sie immer auf so eine besondere Weise ansehen und manchmal beiläufig berühren würde. Und sie selbst seit ein paar Tagen Herzklopfen habe, wenn sie ihr über den Weg lief. Was aber gar nicht sein konnte, weil sie sich bisher nie für das weibliche Geschlecht interessiert hatte.

Ich grinste in die Dunkelheit. Superwoman und Matilde. Was für eine abgefahrene Kombination!

»Du sagst ja gar nichts, Ella? Was denkst du?«

»Ich bin nur überrascht.«

»Ich auch. Und wie!«

Matilde lachte verunsichert auf und ich nahm ihre Hand. »Mach dir keine Gedanken. Vielleicht wusstest du bisher einfach nicht, dass du auf Mädchen stehst. Vielleicht verliebst du dich auch nur in einen bestimmten Menschen, weil es dir auf den Charakter ankommt und dir das Geschlecht ganz egal ist.«

»So hab ich das noch gar nicht gesehen.« Matilde

schwieg einen Moment. »Du hättest also nichts dagegen?«, sagte sie nach einer Weile.

Ich lachte. »Wie könnte ich etwas dagegen haben, wenn meine beste Freundin die beste Freundin meines Freundes liebt? Das wäre doch eigentlich ziemlich cool.«

Sie seufzte leise.

»Was ist los?«

»Und wenn ich mir das alles nur eingebildet habe? Wär ja nichts Neues.«

»Lass es auf dich zukommen, okay? Oder soll ich irgendwo Zettel und Süßigkeiten für euch verstecken?«

»Untersteh dich!«

Matilde lachte, dann kuschelte sie sich, obwohl die Luft im Raum stand, an mich. Erst viele Stunden später wachten wir in immer noch derselben Position wieder auf. Meine Cousine grinsend, als hätte sie die ganze Zeit von Superwoman geträumt, ich grinsend, weil ich mich wie verrückt auf den Tag mit Fabio freute.

27. August, früher Morgen – Auf dem Markusplatz

Der Himmel spannte sich puderrosa über Venedig, die Piazza war menschenleer, und obwohl ich um diese Uhrzeit für gewöhnlich noch schlief, fühlte ich mich wie angeknipst. Mit meiner Spiegelreflexkamera am Körper lief ich kreuz und quer über den Platz und schoss Fotos. Ich lichtete die Basilika ab, den Campanile, die Prokuratien und die übereinandergestapelten Stühle der Cafés. Ein paar Meter weiter am Markusbecken fotografierte ich die im Wasser dümpelnden Gondeln, die Insel San Giorgio Maggiore, die wie ein hingetuschtes Aquarell aussah, und zwischendrin immer wieder Fabio.

Fabio mit zerfurchter Denkerstirn.

Fabio lachend.

Fabio an den Hochwasserstegen lehnend.

Fabio vor den Fensterscheiben des Caffè Florian.

Fabio im Schneidersitz auf der Piazza, die Daumen in die Höhe gereckt.

Viele Aufnahmen später lud ich ihn zum Dank fürs Mitkommen zum Frühstück in eine Bar ein. Wir aßen Brioches mit Aprikosenfüllung, tranken dazu Cappuccino und gaben uns immer wieder klebrige Marmeladenküsse.

»Dass du meinetwegen extra so früh aufgestanden

bist«, sagte ich gerührt. In meinem Gefühlsrausch hätte ich beinahe vergessen, dass ich unbedingt einmal vor dem großen Touristenandrang auf den Markusplatz wollte. Und hätte mir Fabio heute früh nicht mindestens drei Nachrichten geschickt, wäre ich womöglich im Bett geblieben.

»Gerne! War keine Strafe.« Er leerte seine Tasse und bestellte Cappuccino nach.

»Noch drei Tage«, sagte ich, als der Barista die Tassen über den Tresen schob.

»Ich weiß.« Fabio versenkte ein Päckchen Zucker im Kaffee. »Am liebsten würde ich dich bei mir zu Hause an den Schreibtisch ketten.«

Ich grinste. Das war keine schlechte Idee. Fabio wohnte mit seinen Eltern in einem alten Palazzo und hatte ein geräumiges Zimmer mit hohen Decken und Dachbalken. »Aber du müsstest mir jeden Morgen Brioches und Cappuccino bringen. Mittags Tramezzini und abends Pizza oder Pasta.«

»Das sollte kein Problem sein.«

Er küsste mich zart, dann wurde seine Miene ernst. »Wir können uns schreiben, Ella«, fuhr er fort. »Und facetimen. Und ganz oft telefonieren. Und uns, so oft es geht, besuchen.«

Mein Herz schlug schnell und wild. »Willst du das denn?«

»Natürlich will ich das. Und du?«

»Ich auch.«

Wahrscheinlich schaute ich besorgt, denn Fabio strich mir die Stirn glatt und sagte: »Ich kann dir zwar nicht versprechen, dass wir es hinkriegen, und du mir auch nicht, aber ich möchte es versuchen. Unbedingt! Und wenn du es auch willst, haben wir eine Chance.«

Ja, ja, ja!, jubilierte ich innerlich. Ich reckte mich auf die Zehenspitzen und küsste ihn. Meine Mutter hatte mir beigebracht, dass man aus Erfahrungen lernte und es beim nächsten Mal einfach besser machte. Fabio und ich würden es besser machen. Weil Fabio mir wirklich etwas bedeutete.

»Hättest du Lust, im Herbst mit nach Berlin zu kommen?«

Fabio nickte. »Ähm, Sofia würde sich die Stadt auch gern mal anschauen.«

»Ach, wirklich? Da weißt du mehr als ich.«

Matilde und Sofia hatten sich zweimal getroffen, sich aber weder angefasst noch geküsst. Das hatte Matilde mir natürlich erzählt.

Fabio grinste. »Sofia ist ganz schön verknallt in deine Cousine.«

»Hat sie dir das so gesagt?«

Fabio nickte. »Sie dachte, Matilde steht nur auf Jungs.«

»Der Ansicht war Matilde bisher auch. Bis sie Sofia kennengelernt hat.«

Fabio fingerte in der Hosentasche seiner Jeans. »Ich hab da was für dich.«

»Was?«, fragte ich verdattert. »Um diese Uhrzeit? Es ist sieben Uhr morgens.«

»Und um sieben darf man nichts verschenken?« Fabio lachte hell auf. »Ich wollte es dir nicht erst geben, wenn bei der Verabschiedung übermorgen alle um uns herumstehen.«

Fabio drückte mir eine kleine blaue Schachtel mit einer

roten Schleife in die Hand. Ich befühlte sie wie einen Schatz, wagte kaum zu atmen.

»Mach schon auf.«

Vorsichtig löste ich die Schleife, dann lüpfte ich den Deckel und spähte hinein: Ein Herz aus Muranoglas lag auf einer schwarzen Samtunterlage. Es war an einem Lederband befestigt und leuchtete so blau wie Fabios Augen.

»Das ist ... wunderschön, Fabio.«

»Du kannst auch eine Silberkette dranmachen.«

Aber das wollte ich gar nicht. Ich wollte den Herzanhänger genau so haben, wie Fabio ihn mir geschenkt hatte.

»Darf ich?«, fragte er und half mir beim Anlegen.

Auch ohne mich im Spiegel zu sehen, wusste ich, dass die Kette fantastisch an mir aussah. Einfach weil sie von Fabio war.

»Danke«, murmelte ich und überlegte, was ich ihm zum Abschied schenken könnte. Noch ein Lederarmband? Oder einen Ring? Das war nicht besonders originell.

»Du musst mir nichts schenken«, sagte er, als hätte er meine Gedanken erraten.

»Würde ich aber gerne.«

»Dann komm heute mit zu mir. Wir bleiben den ganzen Tag in meinem Zimmer. Wir gehen nur raus, wenn wir Hunger haben, und tanken für die nächsten Wochen auf, in denen wir uns nicht sehen können.«

Im Geiste sah ich eine Tankstelle vor mir, an der wir an den Schläuchen hingen, und musste lachen.

Aber Fabio hatte recht. Wir hatten nicht mehr viel Zeit

und mussten jede Sekunde auskosten. Ich wollte ihn küssen, ihn streicheln und in seinen Augen versinken. War das verrückt?

Okay, dann war es das eben. Ich kannte Fabio noch nicht besonders gut, doch meine Intuition sagte mir, dass er es wert war, mich auf das gemeinsame Abenteuer einzulassen. Mit Haut und Haaren. Egal, dass uns nur noch zweiundsiebzig Stunden blieben. Egal, dass ich keine Fernbeziehungen mochte. Denn mein Herz war übergeschwappt, und genau das war es, wofür es sich lohnte, morgens aufzustehen.